Labyrinth der Rache:
Schatten der Intelligenz

Labyrinth der Rache:
Schatten der Intelligenz

This is a work of fiction. Similarities to real people, places, or events are entirely coincidental.

LABYRINTH DER RACHE (SCHATTEN DER INTELLIGENZ)

First edition. June 4, 2024.

Copyright © 2024 Yeong Hwan Choi.

ISBN: 979-8223383765

Written by Yeong Hwan Choi.

Labyrinth der Rache: Schatten der Intelligenz

Geschrieben von Yeonghwan Choi

Email | cyhchs12@naver.com

INHALT

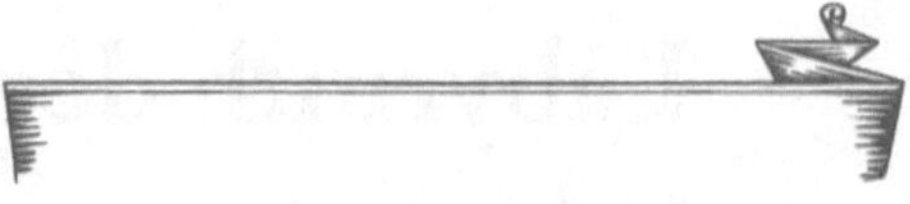

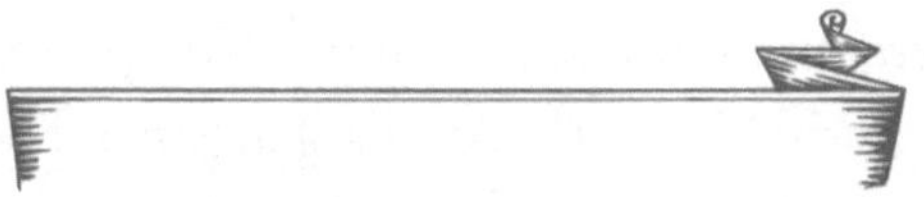

<Labyrinth der Rache: Schatten des Intellekts>

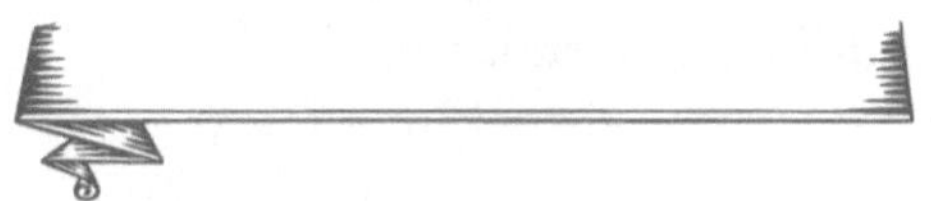

"Was bist du für sie?", seufzte er, und seine Augen hingen in der Dunkelheit und der Stille, die nicht auftauchte. "Mich von allem abzuwenden, dem ich mich verschrieben habe, zu sagen, dass ich nichts meine..."

Fragmente seines Geistes, die in der Dunkelheit verstreut waren, verfolgten ihn. Ich habe ihr alles gegeben. Zeit, Mühe und sogar das Herz. Er kniete so nieder und gab sein ganzes Wesen. Aber....

Sie hat mich vergeblich verlassen.

"Das hast du nicht gesagt. Es ist nicht so, dass du bedeutungslos bist. Du sagst etwas so Egoistisches. Wann habe ich dich das letzte Mal ignoriert?", hallte ihre Stimme verwirrt wider.

Ihre Stimme war voller Wut, und es war die einzige Hoffnung, seine Rache zu stoppen. Ist das, was sie sagt, wahr? Oder ist es nur eine Ausrede? Er ist in einem tiefen inneren Konflikt gefangen. Er weiß nicht, ob die Stimme, die zurückkommt, irgendwann zu einer falschen Hoffnung wird, die ihn verfolgt, oder ob sie eine neue Rache auslösen wird.

Seine Geschichte wurde in ein Labyrinth der Rache hineingezogen. Der Klang der Intelligenz, gefangen in den Schatten, hallte durch die Luft. "Was bedeute ich dir?", fragte er, unfähig, eine Antwort zu finden, und versank in einem Meer bitterer Gefühle.

Mitten in der Nacht, als die Welt ruhig schlief, saß Younghwan allein in seinem Zimmer. Auf seinem Schreibtisch standen ordentlich geordnete Papiere und ein hochmoderner Computer, aber sein Blick wurde auf den Bildschirm gelenkt. Es gab ein schwindelerregendes Durcheinander von Gedanken, das meinen Geist seit Jahren geplagt hatte.

Er analysierte seine Beziehung zu ihr logisch und versuchte, ihre Handlungen zu verstehen. Es war jedoch unmöglich, die Emotionen, die auftauchten, mit Logik zu erklären.

Sein Charakter war ruhig und logisch. Vernunft war sein Kompass, und Emotionen waren ein Kinderspiel. Seine Welt floss in perfekter Ordnung und Regel. Emotionen waren nichts anderes als ein Element unnötiger Verwirrung. Der Alltag lief immer wie eine ausgeklügelte Uhr. Morgens wachte ich zu einer festen Zeit auf, kochte Kaffee und ging zur Arbeit, und am Wochenende las ich Bücher über unbekannte Geheimnisse wie den Weltraum, Außerirdische und die Tiefsee in einer abgelegenen Vorstadtbibliothek.

Als ich zum ersten Mal in die chaotische Welt der Emotionen eintrat, erschien ein kleiner Riss in der eisernen Wand der Logik. Die Welt der Logik, in der er lebte, wurde immer komplexer.

Sie hieß Ragam und war eine lebhafte und gesellige Person. Sie liebte die Menschen um sie herum und strahlte wie die Sonne. Wo immer sie war, gab es immer eine helle Energie, und die Leute fühlten sich natürlich zu ihr hingezogen. Aufgrund seiner Persönlichkeit kam er leicht mit jedem aus und wurde zum Mittelpunkt verschiedener Versammlungen.

Ihr Lächeln war warm und lebhaft, und ihr Lachen erfüllte die Menschen um sie herum mit Freude. Dank ihrer süßen und freundlichen Art schätzten die Menschen um sie herum die Zeit, die sie mit ihr verbrachten. Und es war nicht nur so, dass er bei den Menschen beliebt war, sondern auch, dass es beruhigend und stärkend war, mit ihm zusammen zu sein.

In dieser Nacht erinnerte sich Younghwan an jeden einzelnen Vorfall, an den er sich erinnerte. Schon in jungen Jahren war er anders als andere. Er war schlau genug, um sich unter seinen Freunden den Spitznamen "Genie" zu verdienen, aber das bedeutete ihm nicht viel. Was ich wirklich wollte, war, verstanden zu werden, dass ich anders bin. Aber niemand konnte die Tiefen seines Herzens begreifen.

Ich dachte an mein erstes Treffen mit ihr zurück. Younghwan blickte ehrfürchtig auf ihre Energie. Ihr Treffen war ein wichtiger Wendepunkt in seinem Leben. Sie behandelte ihn wie alle anderen.

Ihre herzliche Persönlichkeit und ihr aufrichtiges Interesse machten ihn eine Weile glücklich, aber dieses Glück war nur von kurzer Dauer. Am Ende hinterließ ihre Art auch eine tiefe Narbe bei ihm. Stattdessen gab ihm sein Versuch, alle gleich zu behandeln, das Gefühl, nichts Besonderes zu sein. Er fing an, an seiner eigenen Existenz zu zweifeln, sich unwürdig zu fühlen.

Sie wusste es nicht. Sie behandelte ihn einfach so, wie sie es tat.

Mit der Zeit entfernte er sich immer weiter von ihr. Selbst in ihrer Nähe fühlte sie sich schmerzhaft. Ihr strahlendes Lächeln und ihr warmes Herz waren nun mit der grausamen Klinge zurück, die ihn verletzt hatte.

Er liebte sie immer noch, aber als die Beziehung endete, war er von weiterem Schmerz und Verwirrung umgeben. Ich konnte diese Liebe nicht mehr ertragen.

"Huh", seufzte er tief und fasste sich an den Kopf. Eine unbekannte Wut und Traurigkeit setzte ein. Gleichzeitig quälte ich mich mit der Frage, welchen Weg ich wählen sollte. Die Frage, ob es richtig war, den dunklen Weg der Rache zu gehen oder den Schmerz zu überwinden und einen neuen Weg zu finden, verfolgte ihn ständig.

Draußen vor dem Fenster fiel Regen und Blitze zuckten durch die stockfinstere Dunkelheit. Ein altes Foto auf dem Schreibtisch fiel mir ins Auge. Auf dem Foto lächelte sie mit ihrem glücklichen Ich. Jetzt bleibt dieses Lächeln nur noch in einer schwachen Erinnerung.

Erinnerungen an die Vergangenheit entfalteten sich wieder wie ein Panorama. Ich erinnerte mich lebhaft an den Moment, als Ragams strahlendes Lächeln und warmes Lächeln bei der Dinnerparty hell leuchtete. In diesem Moment verliebte er sich auf den ersten Blick in sie. Ein reiner Wunsch, sie glücklich zu machen, erfüllte sein Herz.

Es war, als ob Gut und Böse kämpften. Ich wollte mich für den Schmerz rächen, den ich ihr zugefügt hatte, aber andererseits wusste ich, dass es nicht richtig war. Er dachte darüber nach, wie dunkel und gefährlich ihn sein Verlangen nach Rache führte.

Er blickte auf die kleine Buddha-Statue in der Ecke seines Schreibtisches. Es war etwas, das er oft suchte, um Seelenfrieden zu finden. Das ruhige Lächeln des Buddha schien sein Herz zu berühren und ihm zu sagen, dass jede Wahl ihm Frieden bringen würde. Sobald er jedoch seine Hände zum Gebet faltete, wirbelte seine innere Welt immer noch durcheinander. Die Flut des Konflikts kam endlos. Die Glut der Rache und die Wellen der Vergebung prallten heftig in seinem Herzen aufeinander und zerrissen sein Herz in Fetzen.

"Ist das wirklich der richtige Weg?", fragte er sich. Sie wusste, dass sie sich nicht von ihr unterscheiden würde, wenn sie sich rächen würde. Die Vernachlässigung und der Schmerz, den er erlitten hatte, trübten jedoch sein Urteilsvermögen.

Statt eines reinen Herzens brannte ich in der Glut der Rache.

Er schrieb die rücksichtslosen Naturgesetze in sein Notizbuch und sagte: "Der Akt, jemanden zu essen, diente nur dem Überleben, und es gab keinen Maßstab für Gut oder Böse. Kann ein Löwe einen Hirsch jagen, böse sein? Woher kommen also menschliche moralische Standards?"

Ich nahm ein Philosophiebuch aus dem Regal und schlug eine Seite auf. Es war eine Debatte über menschliche Moral und Ethik. "Wird ein moralischer Standard von der Oberschicht zu ihrem eigenen Vorteil definiert?", dachte er. "Ist es nicht gemacht, um sich der Belegschaft anzupassen, um Menschen zu kontrollieren? Vielleicht ist die Schuld, die ich jetzt fühle, nur ein Werkzeug der Gesellschaft, um mich zu kontrollieren."

Er schüttelte den Kopf. Der Maßstab von Gut und Böse schwankte in seinem Geist. "Wenn die Naturgesetze das wahre Kriterium sind, dann kann die Rache an ihr natürlich sein. In der Welt der Schwachen und der Starken kämpfe ich nur darum, mein inneres Überleben zu schützen."

Er nahm ein Notizbuch von seinem Schreibtisch. Als ich das Notizbuch, in das ich meine Sorgen geschrieben hatte, nach vorne blätterte, stellte ich fest, dass sie den Schmerz aufgeschrieben und die Worte, die ich erhalten hatte, ignoriert hatte. "Es ist frustrierend, weil es weniger bezahlt wird als ich, es ist nicht attraktiv, es ist zu langsam", sagte sie wie ein scharfer Dolch in ihrer Brust. Ich konnte diese Worte nicht vergessen, und der Wunsch nach Rache begann zu keimen.

Ich schloss mein Notizbuch und schloss meine Augen, um zu beten. "Gott, gib mir Weisheit. Bitte hilf mir, ein besserer Mensch zu werden, damit ich nicht diesen dunklen Weg einschlage." Der Wunsch nach Rache war zu mächtig und zu schwer zu widerstehen.

Younghwan war noch frisch von Ragams Verrat. Wut brannte tief in ihm. Er glaubte, dass Rache der einzige Weg sei, die Wunde zu heilen. Er beschloss, den Schmerz, den er ihr zugefügt hatte, zurückzunehmen. Und in dieser Nacht begann der Racheplan. Er sammelte Informationen über sie, eine nach der anderen, und tat alles, was er konnte, um ihre Schwächen zu finden. Er analysierte ihr Leben gründlich und arbeitete Tag und Nacht, um einen Weg zu finden, es aufzuschlüsseln. In seinem Herzen war ein kalter Zorn. Ich schwor, dass ich den Schmerz, den ich erlitten hatte, nie vergessen würde und dass ich ihm noch mehr Schmerz zufügen würde. Diese Verpflichtung wurde in die Tat umgesetzt, und alles stand auf dem Spiel.

"Ich werde all das Leid rächen, das sie mir zugefügt hat. Ich werde den Schmerz, den ich erlitten habe, erwidern." Er spürte ein brennendes Verlangen nach Rache in seinem Herzen und erkannte, dass es das Einzige war, was ihn weiterbringen würde. Die Glut, die aufkeimte, wurde zu Flammen und Feuersäulen.

Ich nahm ein Bild von meinem Schreibtisch und zerriss es. Er löschte die glücklichen Erinnerungen an seine Vergangenheit aus und beschloss, einen Weg der Rache zu gehen. In seinem Kopf hatte die Qual zwischen Gut und Böse ein Ende gefunden, und der Racheplan hatte Gestalt angenommen. Der Schmerz und die Vernachlässigung, die er von ihr erhalten hatte, machten ihn zum Zentrum der Flammen in den Flammen, die nach oben brannten.

Von diesem Moment an begann sein Leben von der Glut der Rache beherrscht zu werden. Er lächelte, als sein Plan vollendet wurde. Er glaubte, Recht zu haben. Ich dachte, es war den Schmerz wert. Und er war bereit, alles dafür zu tun.

Niemand wusste, was passieren würde, aber eines war klar. Seine Rache wird minutiös geplant sein, und sie wird dadurch zerstört werden. Als er sich entschied, begann sich ein Lächeln auf seinem Gesicht zu bilden. Wie der erste Schnee, der sanft an einem Wintermorgen fällt, stieg das Lächeln, das als kleines Lächeln begonnen hatte, langsam in seine Mundwinkel und verlieh ihm eine unheimliche Aura. Es war so scharf und brennend wie eine Schneeflocke im kalten Winterwind. Die Rundung seines Mundwinkels, der aus einem verfluchten Gemälde zu springen schien, deutete auf etwas hin.

1
Kalkulierter Verstand

Samen sprießen im Unbewussten, auch wenn wir uns ihrer nicht bewusst sind. Als Kind war Young-hwan immer allein. Seine Welt war von festen Mauern umgeben, und die Außenwelt wurde als ferne Zukunft angesehen. Und er pflanzte immer die Saat der Rache in sein Herz. Er genoss es, mit Hartnäckigkeit und Intelligenz mit anderen zu konkurrieren, und er hatte oft die Eigenschaften von Menschen, die im Leben nicht als Feinde betrachtet werden sollten.

Dann kam eine Veränderung in seinem Leben. Ich traf Ragam bei einer Firmendinnerparty. Ihre energiegeladene Energie und ihr warmes Lächeln zogen ihn in ihren Bann. Sie gab ihm eine neue Perspektive und gab seinem Leben einen neuen Sinn.

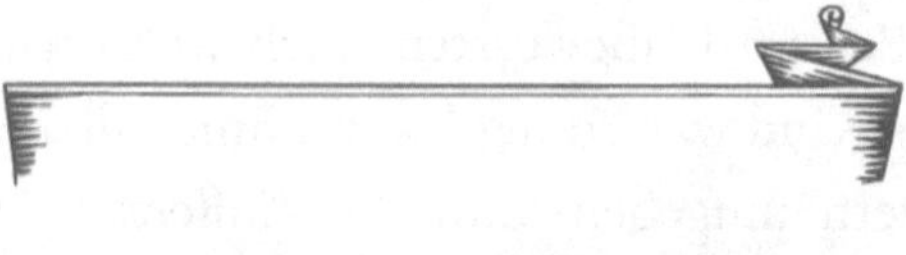

1-1 Erstes Treffen

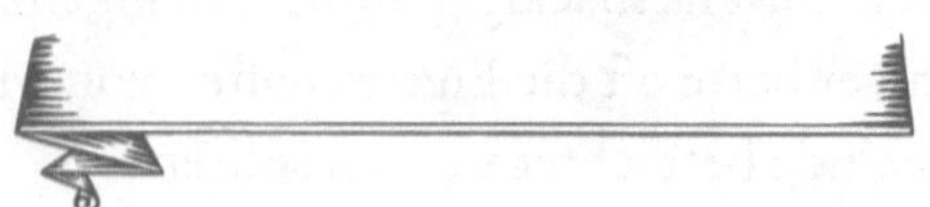

In einem High-End-Restaurant in Seoul vermischte sich die Pracht der Nacht mit der Hitze der Dinnerparty. Luxuriöse Kronleuchter funkelten und erhellten den Raum, und auf den Tischen, unter den schillernden Kronleuchtern, wurde eine Vielzahl von Speisen wunderschön präsentiert. Young-hwan, der seit sieben Jahren Beamter ist und Beamter der siebten Ebene ist, nahm zum ersten Mal seit langer Zeit an einer Dinnerparty teil. Auch Mitarbeiter anderer Unternehmen waren zu diesem Tag eingeladen. Sein Körper setzte sich mit einer leichten Anspannung hin.

Als das Abendessen begann und sich mehrere Leute begrüßten und Visitenkarten austauschten, sah sich Younghwan um. Dann kam sie herein.

Ragam. Sie war vier Jahre jünger als ein großes börsennotiertes Unternehmen. Ihre Anwesenheit machte den Raum noch heller. Als er sie zum ersten Mal sah, klopfte sein Herz. Ihre Gegenwart ließ sein Herz schmelzen wie das warme Sonnenlicht des Winters.

Sie war 169 cm groß und hatte eine schlanke Statur. Ihre langen, schlanken Beine waren glatt und anmutig, als wären sie geformt worden. Das orientalische Gesicht hatte sowohl klassische Schönheit als auch moderne Raffinesse. Seine Augen waren tief, tiefschwarz, als wäre er in die Tiefen des Meeres gesogen worden, und er vermittelte seine innere Stärke und Weisheit. Ihr hoher Nasenrücken und ihre geschwungenen Lippen schenkten ihr ein ruhiges Lächeln und offenbarten ihre sanfte Persönlichkeit. Ihr langes Haar war schwarz und glänzend, wie Ebenholz, und sanft um ihre Schultern gewickelt. Ihr Haar glänzte wie schwarze Seide, wenn der Wind der Klimaanlage es wehte. Seine Haut sah so klar und durchsichtig aus wie weißes Porzellan. Ihre Stimme ist weich und warm, und sie hat einen Charme, der dem Zuhörer ein gutes Gefühl gibt.

Sie war nicht nur schön. Trotz der Schwierigkeiten, mit denen er konfrontiert war, hatte er auch einen starken Geist, der nie aufgab. Jede Geste strahlte Entschlossenheit und Würde aus. Sie begrüßte ihre Kollegen und fügte sich ganz natürlich ein. Tief in mir verspürte ich den Drang, mit ihr zu sprechen.

Der Tisch war mit einer Vielzahl von bunten Speisen gefüllt. Von frischem Sashimi bis hin zu ordentlich zubereiteten koreanischen Beilagen wurden die eigenen Spezialitäten des Küchenchefs köstlich zubereitet. Unter ihnen fiel mir das Schweinefleisch ins Auge. Zusammen mit dem hellen Fleisch wurde es mit fein gehackten Frühlingszwiebeln, Knoblauch und Garnelensauce auf einer Seite serviert.

Younghwan hielt Essstäbchen in einer Hand und versuchte, ein Stück Suppe aufzuheben. In diesem Moment hielt sie ihre Essstäbchen auf der anderen Seite hin, als hätte sie die gleiche Idee. Ihre Essstäbchen prallten in der Luft zusammen. Für den Bruchteil einer Sekunde sahen sie sich in die Augen.

Sie lächelte verlegen und zog ihre Essstäbchen leicht zurück. "Oh, es tut mir leid. Iss zuerst."

sagte Younghwan mit einem Lächeln. "Nein, essen Sie zuerst. Ich bin ein bisschen spät dran" und "Ich sehe dich zum ersten Mal", nahm Younghwan den Mut zusammen zu sprechen. "Mein Name ist Younghwan. Ich bin ein Beamter der siebten Ebene und arbeite im Rathaus von Seoul."

Sie lächelte strahlend und hielt ein Stück ihrer Hand hoch. "Schön, Sie kennenzulernen, Mr. Younghwan. Ich arbeite für ein großes börsennotiertes Unternehmen. Ich freue mich, heute so viele gute Menschen hier zu treffen."

"Ich auch. Es ist eine Ehre, so gute Leute zu treffen", sagte Younghwan und sah ihr in die Augen. Seine Augen starrten sie immer noch an, und sie wandte den Blick nicht von ihnen ab. Unter den hellen Lichtern eines High-End-Restaurants fühlte sich der Moment, in dem sich ihre Augen kreuzten, wie eine Szene aus einem Film an. Sogar der Lärm um ihn herum und das Lachen der Menschen verstummten in diesem Moment wie ein beruhigendes Hintergrundgeräusch.

In dieser Nacht haben sie viel geredet. Von Gesprächen über eine Katze bis hin zu ihrer Liebe zu Büchern füllten sie ihre Nacht mit Geschichten. Er fühlte sich noch mehr von ihrer Offenheit und Freundlichkeit angezogen, und am Ende der Dinnerparty gab er ihr seine Telefonnummer. Sie lächelte leicht, schrieb die Nummer auf und schlug vor: "Lass uns das nächste Mal zusammen zu Abend essen."

Selbst nachdem die Dinnerparty vorbei war, konnte Younghwan nicht so leicht einschlafen, weil er sich an ihr Gesicht erinnerte. Das Treffen mit ihr hinterließ einen tiefen Eindruck. Er wollte sie wiedersehen und viel Zeit mit ihr verbringen.

AM NÄCHSTEN TAG BEGANN er, nach ihr zu suchen. Ich besuche regelmäßig Veranstaltungen, die mit ihrem Unternehmen zu tun haben, und suche nach Möglichkeiten, sie zu treffen. Seine Bemühungen trugen schließlich Früchte. Ein paar Wochen später, bei einer anderen Firmenveranstaltung, trafen sie sich wieder.

»Mr. Ragam, ich freue mich, Sie wiederzusehen!« rief Younghwan glücklich.

Sie blickte überrascht zurück. »Herr Young-hwan! Es ist wirklich schön, Sie kennenzulernen. Es ist schön, dich hier wiederzusehen, ich denke, es ist eine Beziehung."

"Ja. Ich bin so glücklich, hier zu sein und dich kennenzulernen", sagte Younghwan mit einem breiten Lächeln.

Danach folgte er ihr ein Jahr lang und versuchte, sie zu erreichen. Wir gingen zusammen in ihre Lieblingscafés und begleiteten sie jedes Wochenende bei ihren Kletteraktivitäten. Zuerst war sie von seiner Hartnäckigkeit überrascht, aber allmählich verstand sie seine Aufrichtigkeit. Sie verbrachten viel Zeit miteinander und kamen sich näher. Aber es war eine tiefe Wunde in Ragams Herz. Der Schmerz der Vergangenheit verfolgte sie, und sie zwang sich, ihn zu vergessen. Er wollte ihre Wunden heilen, aber sie öffnete ihr Herz nicht so leicht.

Eines Tages sagte Ragam zu Young-hwan. "Younghwan, ich habe tatsächlich Schmerzen, über die ich nicht sprechen kann. Ich habe Angst, wegen des Schmerzes eine ernsthafte Beziehung mit jemandem zu haben", sagte er aufrichtig und hielt ihre Hand. "Mr. Ragam, ich liebe Sie. Ich will bei dir sein, auch bei deinem Schmerz. Es ist in Ordnung, es langsam anzugehen, ich warte, bis du dich wohlfühlst."

Ragam weinte bei Younghwans Worten. "Danke, Mr. Younghwan, aber meine Wunden sind so tief. Ich will dich nicht verletzen."

Danach beschloss Ragham, ihre Beziehung zu ihm zu beenden. Sie wollte ihren Schmerz nicht mehr weitergeben. Er musste ihre Entscheidung akzeptieren, und ihre Liebesbeziehung endete.

Young-hwan war zutiefst betrübt, aber er beschloss, ihre Entscheidung um Ragams Glück willen zu respektieren. Er pflegte seine Erinnerungen an sie und wünschte ihr aufrichtig Glück. Ihr Lächeln und ihre warmen Augen waren immer noch in ihrem Herzen. Diese Liebe klang irgendwo tief in seinem Herzen.

Sieben Monate später eine zufällige Begegnung

Younghwan: (hält ein volles Glas Wein hoch) "Worauf warten Sie noch, Mr. Ragam?"

Ragam: (mit einem warmen Lächeln) "Heute Abend muss ich nicht warten. Ich möchte diesen Moment einfach genießen."

Younghwan: (lächelt bitter) "Ich verstehe. Dann frage ich Sie. Hast du jetzt den Mut, deinen Moment mit mir zu teilen?"

Ragam: (mit einem verwirrten Gesichtsausdruck) "Brauchst du Mut?"

Younghwan: (sanft) "Ja, so fühlt es sich für mich an."

Younghwan: (Nähert sich Ragam) "Du hast mir eine neue Welt gezeigt. Aber diese Welt war mir verschlossen."

Ragam: (versteckt ein Lächeln) "Es tut mir leid, wenn ich dich verletzt habe, ohne es zu merken."

Younghwan: "Es ist meine Schuld. Ich hatte nicht den Mut, mich zu ändern."

Ragam: "Auch wenn du dich nicht änderst, kann ich dich verstehen."

Younghwan: (mit einem verwirrten Blick) "Wirklich?"

Young-hwan und Ragam trafen sich zufällig durch die Arbeit wieder. Ihr Wiedersehen war ein neues Gefühl, und sie akzeptierte ihn zurück. Nachdem meine Beziehung zu ihr wieder aufgenommen wurde, lernte ich ihre neue Seite kennen, je mehr Zeit wir miteinander verbrachten. Zuerst war ich fasziniert von ihrem fröhlichen und energiegeladenen Aussehen, aber mit der Zeit kam eine dunklere Seite ihrer Persönlichkeit zum Vorschein. Ignoriert und respektlos gegenüber der anderen Person. Wie einige widerspenstige, versnobte koreanische Frauen in ihren 20ern war ihr Auftreten oft distanziert.

Young-hwan war stolz darauf, sieben Jahre lang Beamter zu sein, aber sie schien seinen Job nicht zu respektieren. "Vielleicht liegt es daran, dass ich Beamter bin, aber ich glaube, ich bin ein bisschen langsam", sagte sie scherzhaft und verletzte ihn. Manchmal sagte und tat er Dinge, die ihm respektlos erschienen, und er versuchte, sich damit abzufinden, aber die wachsenden Emotionen lasteten schwer auf seinem Herzen.

Eines Tages kam ihr kleiner Streit zusammen und explodierte. Bei einer Einladung zu ihrer Firmenveranstaltung stellte sie Young-hwan ihren Kollegen vor und machte eine flapsige Bemerkung. "Mr. Young-hwan ist Beamter, und manchmal ist es frustrierend, weil er zu langsam ist", lachten die Leute um ihn herum, aber sein Gesicht verhärtete sich.

Auf dem Heimweg hielt es Young-hwan nicht aus und brach aus. "Ragam, warum zum Teufel bist du so abweisend zu mir? Bin ich langsam? Sind Sie frustriert, weil Sie Beamter sind? Du hast keine Ahnung, wie hart ich arbeite."

Ragam sah ihn mit einem verwirrten Gesichtsausdruck an. "Das ist nicht das, was ich meinte. Es war nur ein Witz."

"Es war zu schade, um ein Witz zu sein. Ich habe das Gefühl, dass du mich nicht respektierst", sagte Younghwan bestimmt.

Seitdem hat sich der Konflikt zwischen den beiden nur noch verschärft. Sie erkannte seine Bemühungen und Leistungen immer noch nicht vollständig an, und sein Stolz schmerzte weiterhin.

Lagham: "Du verdienst weniger Geld als ich, warum kannst du das nicht tun?"

Young-hwan fühlte seine Unzulänglichkeiten, aber er liebte Ragam. Sie priorisierte jedoch immer ihre Verpflichtungen gegenüber ihren Freunden, und ihr Herz wurde kälter.

Younghwan: (innerlich) "Ich glaube nicht. Aber du verstehst mich nicht, also kann ich nichts dafür. «

Ragam: "Ich muss zuerst für mich selbst denken. Ich will mich nicht um deine Gefühle kümmern."

Younghwan senkte enttäuscht den Kopf. Einsamkeit und innere Flamme waren in seinem Herzen miteinander verflochten.

(Versprechen an Ragams Freunde)

Sie priorisierte immer ihre Verpflichtungen gegenüber ihren Freunden. Younghwan gefiel es nicht. Da sie die Zeit mit ihren Freunden immer schätzte, hatte Young-hwan das Gefühl, dass die andere Person sie nicht schätzte. Sein Herz wurde kälter.

(Im Café)

Younghwan seufzte tief und betrachtete die Landschaft vor dem Fenster vor sich. Sein Herz hing immer noch an ihr, aber ihre Gleichgültigkeit verletzte ihn. Als der Kaffee abkühlte, dachte Younghwan darüber nach. Ich hatte das starke Gefühl, dass die Distanz zwischen mir und mir immer weiter auseinander ging. Sie war in ihrer eigenen Welt verloren, ohne dass er es wusste. Ich wollte diese Beziehung beenden, aber ich wusste nicht, worüber ich reden sollte. Er seufzte nur.

(Auf einer Bank vor ihrem Haus nach der Arbeit)

Sagte sie, als sie auf ihn zutrat. "Warum sitzt du so allein? Was hast du getan?", fragte er und hob langsam den Kopf. "Ich habe nur darüber nachgedacht", sagte sie, während sie neben der Bank saß, auf der er saß. Ein Hauch von Überraschung lag auf ihrem Gesicht. »Was denken Sie?« fragte er und zögerte einen Augenblick. "Unter uns", fragte sie und legte den Kopf schief. "Stimmt etwas nicht zwischen uns?", fragte er und sah ihr mit ruhiger, aber ernster Stimme in die Augen. "Ich verstehe, dass du Zeit mit deinen Freunden verbringst. Aber ich möchte, dass du ein bisschen mehr Zeit mit mir verbringst, und manchmal wünschte ich, ich wäre dir wichtig."

Sie war fassungslos über die Worte und verstummte für ein paar Sekunden. Erst dann konnte ich ein wenig von Younghwans Gedanken lesen.

"Es tut mir leid, ich habe dir dieses Gefühl gegeben."

Younghwan nickte. "Vielen Dank für Ihr Verständnis. Ich möchte nur wichtig für dich sein."

Sie schätzt ihre Versprechen an ihre Freunde, aber jetzt wird ihr klar, dass sie auch Younghwan mehr Aufmerksamkeit schenken muss. Sie gingen in dieser Nacht durch das Arboretum und gingen nach Hause. Damals hielten sie sich an den Händen, und es herrschte eine Wärme zwischen ihnen. Allerdings waren die Probleme noch nicht gelöst.

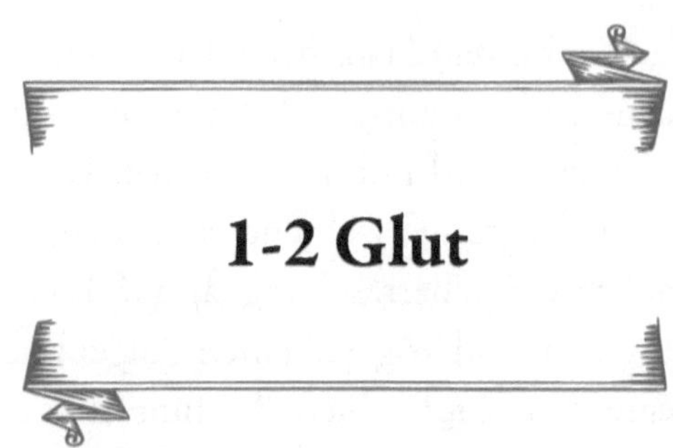

1-2 Glut

S eine abweisende Haltung fiel bei ihrem ersten offiziellen Date auf. Als wir nach dem Abendessen im Café saßen und uns unterhielten, prahlte Ragham mit seinem Job. "Herr Young-hwan, unser Unternehmen ist erstaunlich. Das Gehalt ist hoch und es gibt viele Vorteile. Tatsächlich ist das Gehalt der Beamten im Vergleich zu unserem Unternehmen etwas enttäuschend."

Younghwan lächelte bitter, als er das hörte. "Ich verstehe. Dennoch ist es stabil, ein Beamter zu sein, und es ist lohnend, viel Arbeit zu haben, um einen Beitrag zur Gesellschaft zu leisten."

"Absolut. Aber findest du nicht, dass diese Art von Stabilität manchmal zu langweilig ist?"

An einem anderen Tag, als Young-hwan einen Termin für einen Kinobesuch mit Ragam vereinbarte, brach sie den Termin ab und erschien nicht. Sie schwieg, ohne kontaktiert zu werden, weil sie nicht gut gelaunt war. Als er des Wartens müde wurde und am Telefon anrief, sagte sie kalt: "Es tut mir leid, ich war ein wenig verärgert. Ich melde mich später bei Ihnen", sagte er und legte auf. Je mehr dies immer und immer wieder geschah, desto mehr fühlte er sich verletzt, dass sie sich nicht um die andere Person kümmerte. Ihre Gleichgültigkeit und ihr rücksichtsloses Verhalten ließen ihn sich immer einsamer fühlen. Er fand ihre egozentrischen Worte und Taten unerträglich, aber er beharrte auf seiner Liebe zu ihr.

Die größte Wunde war in ihrem Mund. Ragam sagte immer wieder abweisende Worte zu Younghwan. "Mr. Younghwan, wenn Sie attraktiver aussehen wollen, müssen Sie auf Ihr Aussehen achten. Es ist in Ordnung, so wie es jetzt aussieht, aber manchmal sieht es zu gewöhnlich aus."

Sie nahm das Geschenk an, das Younghwan vorbereitet hatte, aber sie reagierte, als würde sie seine Aufrichtigkeit ignorieren. "Danke. Aber ist das nicht zu gewöhnlich? Ich freue mich auf etwas Besonderes beim nächsten Mal."

Eines Tages, als Young-hwan einen schweren Tag hatte und sie um Trost bat, reagierte Ragam gleichgültig auf seine Geschichte. "Younghwan, jeder hat einen harten Tag. Mach dir keine Sorgen, vergiss es einfach." Die kleine Missachtung und der Vergleich nagten weiter an Younghwans Selbstwertgefühl. Er versuchte sein Bestes für sie, aber sie gab ihm immer das Gefühl, unzulänglich zu sein. Die Gehirnzellen des Gefühls, dass ihr Wert und ihre Bemühungen nicht geschätzt wurden, setzten sich durch.

Sie ist eine Frau, die in einer geraden und rücksichtslosen Art zu sprechen spricht. Sie mögen unter ihren Freunden hingebungsvoll und freundlich erscheinen, aber in Wirklichkeit sind sie oft egozentrisch. Es scheint, dass er sich immer um seine Freunde kümmert, aber seine egoistischen Absichten sind überall offensichtlich. Wenn sie sich nicht auf sich selbst konzentrieren, drücken sie ihre Unzufriedenheit aus, und wenn sie sich schlecht fühlen, konzentrieren sie sich auf ihre eigenen Gefühle, ohne sich um die Menschen um sie herum zu kümmern. Sie hat langes, glattes Haar, das natürlich nach unten fließt, und sieht mit trendiger Mode äußerlich immer perfekt aus, aber ihr Inneres ist ziemlich kompliziert.

Einmal, als ich mit meinen Freunden in einem Café war, sprang ich plötzlich von meinem Sitz auf und sagte: "Ich gehe zuerst. Es ist nicht lustig." Ich war verwirrt. Ihre Freunde folgten ihr besorgt, aber sie ignorierte ihre Rücksichtnahme und antwortete unverblümt: "Viel Spaß mit euch." Wenn ein Kampf ausbricht, neigen sie dazu, sich zu verstecken und zu vermeiden, sich gegenseitig zu konfrontieren. Wenn ich einen Konflikt mit jemandem hatte, versuchte ich nicht, ihn durch Gespräche zu lösen, sondern brach den Kontakt ab oder versteckte mich vor den Leuten, um so zu tun, als wäre ich müde. Wenn es einen Streit gab, unterbrach er tagelang den Kontakt und reagierte nicht auf Anrufe. Wann immer sie sich benachteiligt fühlte, vermied sie es.

Sie sagte, dass sie an dem Tag, an dem sie ins Kino gehen sollte, bei der Arbeit gestresst war und ihren Termin vergaß und ins Einkaufszentrum ging. Auf die Frage, warum er sein Versprechen gebrochen habe, antwortete er: "Es war, weil ich gestresst war. Ich möchte, dass du verstehst."

Seine Gefühle standen immer an erster Stelle. Ich mochte meinen Job in der Kompanie nicht, also sagte ich dem Sergeant: "Ich kann diese Art von Bericht nicht machen, weil es nicht mein Stil ist", was die Sergeants sprachlos machte. Ihr Verhalten brachte die Menschen um sie herum manchmal in Verlegenheit, aber jedes Mal rechtfertigte sie ihre Haltung mit den Worten: "Ich bin ehrlich." Als solche ist sie eine Frau in ihren 20ern, die eine herzliche Person zu sein scheint, die sich gut um ihre Freunde kümmert, aber in Wirklichkeit ist sie egoistisch, stur und vermeidet widrige Situationen. Ihr Handeln offenbart den für die heutige Generation charakteristischen Unwillen und war schon immer das Ergebnis einer egozentrischen Denkweise.

Young-hwans Beziehung zu Ragham wurde immer zerbrechlicher. Er fuhr nach der Arbeit und fühlte sich frustriert auf einer überfüllten Straße. Die Wagen waren regungslos und die Hupen ohrenbetäubend. Ich erinnerte mich an meinen Streit mit ihr an diesem Abend. Die beiden stritten sich im Auto und tauschten scharfe Worte aus.

Sie saß mit verschränkten Armen auf dem Beifahrersitz und starrte Younghwan an. "Younghwan, warum kannst du nicht so fahren? Weißt du nicht, dass du noch mehr blockiert wirst, wenn du einfach auf einer Straße wie dieser einschneidest?"

Er versuchte, die Fassung zu bewahren, aber sein Magen kochte bei ihren Anschuldigungen über. "Ragam, was kann ich in dieser Situation tun? Die Straße ist so blockiert, was soll ich tun?"

Sie seufzte und schüttelte den Kopf. "Es ist wirklich frustrierend. Wenn Sie besser gefahren wären, wären Sie nicht in dieser Situation gewesen. Es ist immer so. Er ist einfach unreif und ungeschickt."

Younghwans Worte blieben wie ein Dolch in seiner Brust stecken. "Ragam, das weißt du. Ich gebe mein Bestes, also warum pushst du mich so?"

Sagte Ragam mit einem sarkastischen Lächeln. "Gib dein Bestes? Wenn das dein Bestes ist, ist es wirklich enttäuschend. Sie verschlimmern die Situation immer auf diese Weise. Was kann man Großartiges tun, wenn man nicht richtig fahren kann?"

Younghwan konnte es nicht ertragen. "Ragam, wenn es das ist, was du denkst, warum bleibst du dann bei mir? Ist es nicht deine Spezialität, anderen die Schuld zu geben, wenn du in nichts gut bist?"

Sagte Ragam und kniff die Augen zusammen. "Was hast du gerade gesagt? Ich bin in nichts gut? Glaubst du wirklich, dass du es verdienst, so mit mir zu reden?"

Younghwan atmete tief durch und sagte. "Weißt du, wie verletzend es ist, Dinge zu mir zu sagen? Du gibst immer die Schuld und beschwerst dich."

Ragam drehte den Kopf, kurbelte das Fenster herunter, schaute hinaus und sagte: "Ich verstehe, Younghwan. Mehr möchte ich nicht sagen. Wie du sagst, habe ich alles falsch gemacht. Wenn ich das sage, werden Sie zufrieden sein, nicht wahr?«

Younghwan hielt das Lenkrad in schwerem Schweigen fester. Ich war genervt von ihrer kalten Haltung und ihren Anschuldigungen, aber ich hatte nicht die Energie, den Streit fortzusetzen. Auf dem Höhepunkt seiner Frustration auf der Straße hatte Young-hwan Mühe, das Restaurant zu erreichen. Er hatte Mühe, einen Parkplatz zu finden, also parkte er einen in der Nähe des Restaurants.

Sie stieß die Autotür auf, als könne sie es nicht ertragen. "Wirklich, ich kann das nicht!", beschwerte er sich laut, als er aus dem Auto stieg. Er schlug die Autotür zu und schritt zum Eingang des Restaurants. Das Geräusch der sich schließenden Tür hallte um ihn herum wider, und es klang wie eine Explosion in seinen Ohren.

Das Innere des Wagens war vom Nachglühen des Kampfes erfüllt. Er drehte den Kopf, um den Strauß auf dem Rücksitz zu betrachten. Der Strauß aus wunderschönen Rosen und Lilien war ein Überraschungsgeschenk für sie.

"Warum hast du das vorbereitet?", fragte er sich. "Ich dachte, sie würde sich freuen ...Es hat nicht funktioniert." Er legte den Arm auf das Lenkrad und senkte den Kopf. Ihr einen Blumenstrauß in einer Situation zu geben, in der das Nachglühen des Kampfes noch anhielt, würde sie noch mehr verletzen.

Ihre kalten Worte hallten durch meinen Kopf. "Wie kannst du wirklich nicht so fahren?", kam ihr immer wieder ihre Stimme in den Sinn. "Was zum Teufel denkst du?" »Ich glaube nicht«, sagte er sich. Er schaute noch einmal auf den Strauß auf dem Rücksitz. Die Blumen fühlten sich in diesem Moment hilflos an.

Ich parkte und stand eine Weile benommen da.

Sie war im Restaurant und machte Fotos für Instagram. Seine Augen waren ernst, als er versuchte, den Glanz und die frischen Farben des Sushis einzufangen. "Perfekt", sagte er, machte mit seiner Handykamera ein Foto von dem Lachs-Sushi auf seinem Teller und überprüfte das Foto mit einem kleinen Lächeln. Ihr Gesichtsausdruck veränderte sich zu einem ruhigen Gesichtsausdruck, ganz anders als bei dem Kampf ein paar Minuten zuvor.

Nachdem sie noch ein paar Fotos gemacht hatte, dachte sie sich einen Satz für Instagram aus. "Heute Abend ist das köstliche Abendessen", schreibt sie. Auf dem Bildschirm ihres Telefons schien ihr Leben perfekt zu sein. Younghwan sah sie durch das Schaufenster an und beschloss, ihr keinen Blumenstrauß zu überreichen. Wird sie in der

Lage sein, ihren eigenen Verstand zu verstehen? Nein, vielleicht müssen Sie es nicht verstehen.

»Ich glaube nicht«, murmelte er leise. Ich beschloss, den Strauß auf dem Rücksitz zu lassen. Er kämpfte gegen seine Gefühle an und überdachte seine Beziehung zu ihr. Und als er das Esszimmer betrat, konnte er seine Wut nicht zurückhalten.

Als sie das Restaurant betrat, hatte sie einen verärgerten Gesichtsausdruck. "Warum bist du so spät dran? Werden Sie hier wieder die Zeit totschlagen?"

Younghwan senkte den Kopf und setzte sich. "Es tut mir leid, Ragam. Ich brauchte eine Weile, um zu parken."

Sie wandte den Kopf ab, als hätte sie ihm nicht zugehört. "Finde keine Ausreden, wie lange wirst du noch so unreif sein?"

Er wusste nicht, was er sagen sollte. Sitzen Sie einfach ruhig da und ertragen Sie ihre Anschuldigungen...Zurück auf der Straße seufzte Younghwan und dachte über ihre eisigen Worte nach. Die Wunden des Augenblicks, in dem ihre unhöflichen und ergreifenden Worte mein Herz an diesem Tag zerrissen hatten, waren immer noch nicht verheilt. Sie trennten sich nach einer Weile. Ihr Streit verschärfte sich und endete in einer kühlen Atmosphäre. Sie trauerte nicht. Sie verschwand einfach in ihrem nächsten Termin, einem vollen Terminkalender. Young-hwan war wütend und verzweifelt über ihre Gleichgültigkeit. Aus Liebe zu ihr schickte ich ihr jedoch zum letzten Mal ein Geschenk. Unabhängig von der Wiedervereinigung wünschte ich ihr nur Glück.

Sie überprüfte das Paket, das in der Firma ankam, und brachte es nach der Arbeit nach Hause. Sie schaltete den Fernseher ein, setzte sich auf die Couch und schaute auf das Geschenk, das er ihr geschickt hatte. Buntes Geschenkpapier und aufwendig gebundene Bänder fielen mir ins Auge. Er seufzte und packte sein Geschenk aus. Darin befand sich eine luxuriöse Halskette einer Marke, die sie einst geliebt hatte. Es gab auch einen handgeschriebenen Brief. "Ich erinnere mich, was dir gefallen hat. Ich hoffe, du bist glücklich", Younghwans zarte Handschrift schien ihr Herz zu durchbohren.

Sie zerknüllte den handgeschriebenen Brief mit verhärtetem Gesicht. Ich habe meine Trennung von ihm schon unzählige Male durchlebt und mich entschieden. Er holte sein Telefon heraus und wählte Younghwans Nummer. Nach ein paar klingelnden Rufen hörte er Younghwans Stimme.

"Ragam, hast du ein Geschenk bekommen?", in Younghwans Stimme lag immer noch Wärme.

sagte sie nüchtern. "Younghuan, melde dich nicht noch einmal, wenn du mir noch einmal so ein Geschenk schickst, rufe ich die Polizei."

Nach einem Moment der Stille klang Younghwans Stimme ruhig. "Ragam, ich will nur, dass du glücklich bist..."

Ragam unterbrach ihn. "Halt. Das ist Stalking. Ich verstehe Ihre Gefühle, aber mein Geist ist bereits geklärt. Bitte stören Sie mich nicht mehr."

Sie legte auf, schloss die Augen. Die Halskette in ihrer Hand war kalt und schwer. Das Geschenk war für sie kein Symbol der Liebe mehr. Es war eine schwere Kette der Vergangenheit, die sie vergessen hatte. Er konnte nie wieder in ihr Leben treten.

Andererseits entstand in Younghwans Herz eher der Wunsch nach Rache als der Schmerz des Abschieds. Der junge Young-hwan ging in einer ruhigen Gasse in der Nachbarschaft spazieren. Er senkte die Schultern und sah sich mit einem lässigen Gesichtsausdruck um, wobei er seinen Körper leicht verdrehte. Ihm lief das Wasser im Mund zusammen, als er die Kinder anstarrte, die sich ihm mit kaltem Blick näherten. Ohne ein Wort zu sagen, zog er seinen schwarzen Hut tief unter die Augen. In der Dunkelheit sahen seine Pupillen so leer aus wie schwarze Löcher.

Von klein auf war er in der Beziehung zu seinen Eltern zutiefst verwundet, und sein Leben, umgeben von ihren Erwartungen und

Kritik, ließ ihn an seinem eigenen Wert zweifeln. Der Schmerz und die Unsicherheit untergruben sein Selbstwertgefühl und unterbrachen sein Leben für immer. Es war nicht wie bei den anderen Kindern. Er hatte keine besten Freunde in der Schule und saß einsam in der Ecke, wenn er auf dem Kinderspielplatz spielte. Sie vermied es, mit anderen Kindern zu kommunizieren oder ihre Gefühle zu teilen, und schwieg immer in ihrer eigenen Welt, um sich der harten Realität zu stellen.

Seine soziopathischen Tendenzen manifestierten sich in seinem Mangel an Selbstbeherrschung. Er zögerte nicht, andere Kinder auszunutzen oder zu opfern, und er suchte oft sofortige Befriedigung. Er hatte keine Angst vor Hindernissen, um sein Ziel zu erreichen. Nach und nach baute er seine eigene Welt und zeigte seine Fähigkeit, die Umgebung für seine eigenen Zwecke zu manipulieren.

Er saß an seinem Schreibtisch in seinem Zimmer und blickte zurück. Ich war dabei, meine Kindheitswunden zu heilen und die Drehbücher meiner Vergangenheit neu zu schreiben. Indem er den Schmerz, den er von seinen Eltern erlitten hatte, anerkenne und verzeihe, könne er die Last der Vergangenheit abtragen und einen Neuanfang wagen. Ich fragte mich auch, ob es richtig war, Moral und Gesetz zu verlassen und das Selbstwertgefühl anstelle von Rache wiederherzustellen.

Im Prozess der Selbstfindung erlebte ich oft Rückschläge, und manchmal war es zu schwer, die Wunden der Vergangenheit zu bekämpfen. Und im Prozess der Selbstfindung lernte ich, zwischen meinem falschen Selbst und meinem wahren Selbst zu unterscheiden. Ich erkannte, wie wichtig es ist, sich selbst zu lieben, anstatt sich auf materielle Befriedigung oder externe Bewertungen zu verlassen. Als er lernte, seine Unvollkommenheiten zu akzeptieren und zu lieben, fand er auch heraus, wie er wahres Selbstwertgefühl erlangen konnte.

Schließlich las ich das Buch "Drei Königreiche" und begann, meine komplizierten Gefühle zu sortieren. In der Dunkelkammer dachte er tief in Gedanken versunken über JoJos Geschichte nach. Jojos Kälte und Grausamkeit sowie seine hemmungslose Haltung, wenn es nötig war, schockierten Young-hwan wie eine Beethoven-Symphonie. Beethovens Fünfte Symphonie, das "Schicksal", erklang.

»Papapa!« erfüllte eine mächtige, verhängnisvolle Ouvertüre den Raum. Younghwan sah Jojos Auftritt in der Musik wieder. Misstrauisch gegenüber der Person, die ihm geholfen hat, und richtet ihn hin, wenn nötig. Die Entschlossenheit, Militärsärge zu enthaupten, um die Moral der Soldaten im Krieg zu heben. Younghwans Herz klopfte jedes Mal, wenn er an Jojos Aussehen dachte. Die Emotionen, die tief in ihm aufstiegen, waren eine Mischung aus Angst und Aufregung.

Jojos Auftritt endete nicht mit Beethovens Musik. Sobald Mozarts "Die Hochzeit des Figaro"-Ouvertüre erklang, sah Young-hwan einen anderen Jojo. Nachdem er den Krieg gewonnen hat, monopolisiert er nicht allein den Ball, sondern verteilt die Belohnungen an die Extremen, und er koordiniert und verschmilzt seine Meinungsverschiedenheiten mit seinen Untergebenen. In der fröhlichen und sanften Musik hatte ich das Gefühl, dass Jojo eine Figur mit menschlicher Wärme ist. Younghwan lächelte für einen Moment, als er an Jojos Aussehen dachte. Die Emotionen schwankten erneut. Als er Chopins Ballade Nr. 1 in g-Moll, Op. 23, hörte, die durch den Raum hallte, wurde ihm klar, wie kompliziert sein Blick auf Jojo war. Chopins Musik floss frei und unabhängig von der Form und vermittelte dem Zuhörer ein breites Spektrum an Emotionen.

Jojo auch. Sein Verhalten war inkonsistent und unberechenbar.

Younghwan sah Jojo so an und projizierte sich selbst. Ich konnte mich durch Jojos Geschichte neu interpretieren. Mal rücksichtslos, mal menschlich, mal informell, frei.

Ich schloss meine Augen und drückte auf die Klaviertasten. Seine Finger spielten den ersten Teil von Chopins Ballade Nr. 1. Die langsam aufsteigende lyrische Melodie hallte aus den Tiefen meines Herzens wider. Er dachte an sie und dachte an Rache. Jeder Ton auf dem Klavier begann für seine Gefühle zu sprechen. Der schnelle Arpeggio zeigte Wut. Die harten, heftigen Töne symbolisierten den Schmerz, den sie sich selbst zufügte. In der Rolle, die in einem intensiven Forte gespielt wurde, konnte ich sie fast vor Schmerzen schreien hören. Als er sie in die Enge trieb, hallte das Klavier wie ein heftiger Sturm wider. Dann, gegen Mitte des Songs, wurde die Performance langsam weicher. Die Melodie beruhigte sich, als die Veröffentlichung näher rückte, und seine Finger glitten sanft über die Tasten. Chopins schöne Melodie repräsentierte die kalte Gelassenheit, die am Ende der Rache steht. Er spielte den letzten Ton und stellte sich vor, wie sie fiel. In diesem Moment hatte ich gemischte Gefühle.

2
Saat der Rache

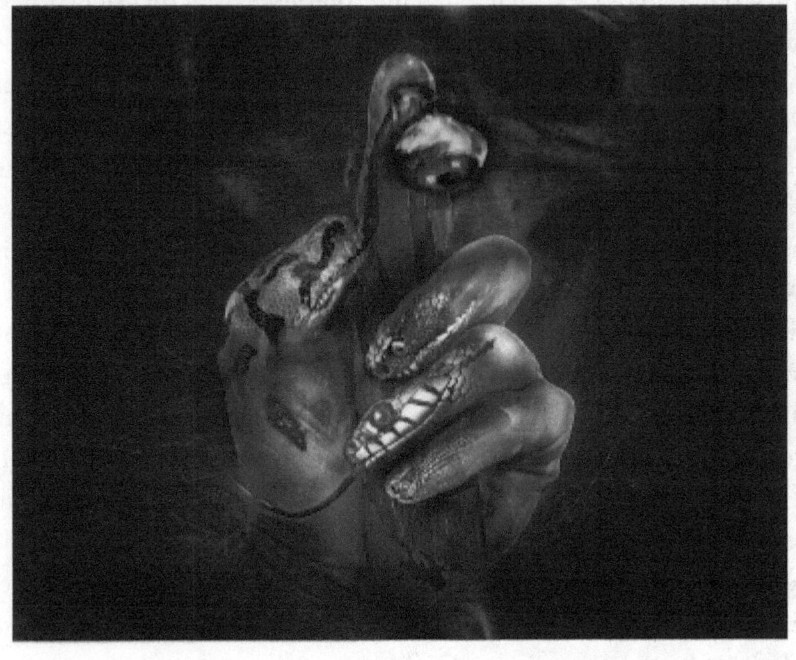

In der Hektik der Dinnerparty eroberte ihr Lächeln sein Herz. Ihr Charme, gemischt mit Humor und warmem Lachen, zog alle Blicke auf sich. Seine Augen schienen zu ihr hingezogen zu sein.

In diesem Moment erhellte sie seine Welt. Für ihn, der es gewohnt war, allein zu sein, eröffnete es neue emotionale Horizonte. Er schätzte die Zeit mit ihr, abseits seiner Zeit allein. Aber es war sinnlos für sie. Sie blickte nicht auf seine Bemühungen zurück. Sie tat immer so, als sei sie beschäftigt, und ihre Aufmerksamkeit war nur oberflächlich. Trotz seiner Bemühungen kam es ihr nie in den Sinn. Seine Liebe war nur eine Karte für sie.

Als das Gefühl der Rache aufflammte, machte ihn seine Hartnäckigkeit mächtiger und seine Klugheit noch unwiderstehlicher. Ruhe führte ihn in den Schatten der Intelligenz. Erst dann wurde die Saat für sie tief gepflanzt.

Die wachsende Saat der Rache keimte langsam. Einen Schatten zu hinterlassen, der nie vergessen wird, für immer...Younghwan nutzte seine Intelligenz und Einsicht, um seine Rache akribisch zu planen.

Drei Monate nach der Trennung traf er die Entscheidung, den öffentlichen Dienst zu verlassen. Nach reiflicher Überlegung hatte er beschlossen, aus einer Situation herauszukommen, in der er nicht geschätzt wurde. An meinem letzten Arbeitstag verabschiedete ich mich von meinen Kollegen und diversifizierte meine Pläne. Da sie ihre Schwächen und Verletzlichkeiten kannte, fand sie einen Weg, sie zu überwinden.

Zuerst begann ich, ihr Arbeitsleben zu untersuchen. Wir sammelten Informationen über die großen öffentlichen Unternehmen, für die sie arbeitete, und analysierten ihre Arbeit und Beziehungen. Sie versuchte, ihre Beziehung zu ihren Kollegen zu verstehen und Wege zu finden, ihren Ruf zu zerstören. Dabei entdeckte er, dass sie interne Konflikte innerhalb des Unternehmens hatte. Sie suchte immer wieder nach Möglichkeiten, ihre kleinen Fehler bei der Arbeit hervorzuheben und ihrem Image zu schaden. Er nahm Kontakt zu ihren Verbündeten auf und grub sich in ihre Schwächen. Geschickt ließ er ihre Schwächen und Informationen an ihre Kollegen durchsickern und untergrub so ihre Glaubwürdigkeit. Das Vertrauen ihrer Kollegen in sie begann zu bröckeln, und ihr Ruf verschlechterte sich.

Ohne es zu merken, spürte sie, dass ihre Position bei der Arbeit erschüttert wurde. Ich wurde von einem unbekannten Gefühl der Angst geplagt und wurde immer empfindlicher. Meine Beziehungen zu meinen Kollegen entfremdeten sich, und ich wurde zunehmend isoliert.

Younghwan sah sie verwirrt und war sich sicher, dass die Glut wuchs. Er bewegte sich gründlicher.

Dann stellte sie einen Hacker ein, um Zugang zu den internen Informationen ihres Unternehmens zu erhalten. Er hackte sich in ihre E-Mails und internen Messenger, um ihre Fehler und Geheimnisse herauszufinden, und im richtigen Moment enthüllte er sie am schwarzen Brett des Unternehmens. Gleichzeitig griff Young-hwan auch in ihr Privatleben ein. Er verbreitete falsche Gerüchte, um ihre Beziehung zu ihren Freunden zu ruinieren und die Probleme um sie herum zu eskalieren. Infolgedessen wurde sie von ihren Freunden entfremdet und einsam. Die Flamme der Rache brannte stark, und niemand konnte sie aufhalten. Eine größere Finsternis breitete sich in ihm aus.

Ragam vermutet eine Verschwörung, konnte aber die genaue Ursache nicht ermitteln. Sie wurde mit den Problemen und Schwierigkeiten konfrontiert, die sie umgaben, aber sie wusste nicht, dass er hinter all dem steckte. Sein Leben wurde immer chaotischer, und er verfiel in seine Pläne.

Im Prozess der Rache rutschte Young-hwan unwissentlich auf einen dunkleren Pfad. Er tat alles in seiner Macht stehende, um ihr Leben zu ruinieren, und verlor dabei seine Menschlichkeit.

Die Glut der Rache wurde nun zu einer riesigen Flamme, die ihn beherrschte. Als sie sie leiden sah, fühlte sie sich siegreich. Aber als seine Rache voranschritt, hatte er das Gefühl, dass er sich veränderte. Er wurde immer rücksichtsloser und rücksichtsloser und vergaß, wer er war. Die großen Flammen verschlangen ihn vollständig, und er verlor seine Identität in den großen Flammen.

Er stand vor einer Wand und hielt ein Bild ihres glücklichen Gesichts in der Hand. Sein Gesicht war vor Wut und Rache verzerrt, und er hielt das Band in der Hand. Ich sammelte die Fragmente der zerrissenen Fotos und klebte sie an die Wand. Und als er das Bild sah, begann er, seine Genitalien zu stimulieren. Seine Hände bewegten sich heftig und ein instinktiver Drang schlich sich ein. Sein Körper wurde heiß vor Entschlossenheit, sie zu erobern. Sein Herz war voller Rache, aber gleichzeitig pochte es vor dem Wunsch, geführt zu werden. Jedes Mal, wenn sie sich vorstellte, wie befriedigend es sein würde, ihren Körper zu erobern und ihren Geist zu dominieren, wurde ihr Körper heißer. Er schüttelte ständig seine Genitalien. Sein Verlangen wurde immer intensiver, und die Bewegungen seiner Hände wurden immer heftiger. Schließlich entfesselte sie ihren Wunsch nach Rache und bekräftigte ihre unerschütterliche Entschlossenheit, alles zu erobern.

2-1 Zwei Unternehmen

Der Raucherraum im Rathaus von Seoul ist eine Mischung aus grauen Wänden, alten Möbeln und Getränkeautomaten. Der Wald aus Gebäuden, der durch das Fenster zu sehen ist, fängt die Szenerie der Stadt ein, die wie gewohnt geschäftig ist. Dort rauchten und unterhielten sich Young-hwan und Min-soo. Der eigentümliche Zigarettenrauch im Raucherzimmer und ein muffiger Geruch lagen in der Luft.

Younghwan nahm einen tiefen Zug von seiner Zigarette und atmete langsam den Rauch aus. Minsoo rauchte ebenfalls eine Zigarette und sah Younghwan an.

"Younghwan, was hast du in letzter Zeit so tief nachgedacht? Ich glaube, mit mir stimmt etwas nicht", fragte Minsoo und sah besorgt aus.

Younghwan schwieg einen Moment. Er hatte sich lange auf diesen Moment vorbereitet, aber er zögerte, ihn anzusprechen. Ich fasste einen Entschluss und öffnete meinen Mund.

"Minsoo, ich wollte es dir eigentlich sagen. Ich werde meinen Job als Beamter kündigen", sagte Younghwan und Minsoo sah ihn überrascht an.

"Was? Machst du Witze? Warum gibt es Menschen wie Sie? Wie schön ist es, hier mit uns zu arbeiten", fragte er verwirrt.

"Ich glaube einfach nicht, dass ein einfaches, stabiles Leben etwas für mich ist. Was ich wirklich will, ist das große Ganze. Die Welt kehrt zur Logik der Macht zurück, und ich möchte sie halten", antwortete Younghwan mit ernster Miene.

»Was meinst du mit der Logik der Gewalt?« fragte er mit unverständlicher Miene.

"Egal, wie hart wir hier arbeiten, wir sind Teil des Rades. Man muss über das System hinausgehen, um einen echten Unterschied zu machen, und deshalb werde ich ein Unternehmen gründen. Ich möchte ein Relais-Geschäft für Emissionsgutschriften machen", erklärte Young-hwan seine Vision.

Minsoo hörte auf zu rauchen und sah Younghwan ernst ins Gesicht. "Genau, was wirst du tun?"

"Ich werde der Welt die Logik der Macht zeigen", waren Younghwans Augen entschlossen.

"Glaubst du wirklich, dass du das schaffen kannst? Es wird nicht einfach", sagte er besorgt.

"Ich weiß, dass es nicht einfach ist. Aber ich bin bereit. Und weißt du was. Meine Familie hat genug Geld. Ich werde dieses Geld als Sprungbrett nutzen und Erfolg haben."

Er dachte einen Moment nach, dann nickte er. "Ich verstehe, Younghwan. Wenn Sie wirklich diesen Weg gehen, werde ich Sie unterstützen. Aber egal was passiert, Sicherheit steht an erster Stelle. Drängen Sie sich nicht zu sehr."

"Danke, Numbers. Eure Unterstützung ist ein großer Schub, ich bin sicher, dass ich es schaffen werde", sagte Younghwan mit einem Lächeln.

Zigarettenrauch aus dem Raucherzimmer umhüllte das Gespräch zwischen den beiden. Später beendete Young-hwan seine Karriere im öffentlichen Dienst. Ich verließ das Unternehmen und saß in einem Flugzeug ins Silicon Valley in den Vereinigten Staaten. Es herrschte eine Mischung aus Nervosität und Aufregung.

Sein Blick fiel auf die Worte "Focus on the Single" aus einer Zeitschrift auf dem Tisch neben seinem Platz. Wie das Umwerfen von Dominosteinen dachte ich, es sei ein kleiner erster Schritt, der alles zusammenführte, was bisher passiert war, und einen Neuanfang signalisierte. Nachdem er eine Karriere als Beamter und ein stabiles Leben hinter sich gelassen hatte, entschied er sich für ein herausforderndes Leben im Silicon Valley in den Vereinigten Staaten, eine Entscheidung, sich auf "nur eine Sache" zu konzentrieren.

Mit dem Geräusch eines startenden Flugzeugs bemerkte er etwas, das sich in der Vergangenheit nicht geändert hat. Mir wurde klar, dass, selbst wenn sich alles ändert, sich die einzige Kraft, die die Welt bewegt, nicht ändert. Er beschloss, sich auf diese Macht zu konzentrieren. Das war das "Einzige". Als das Flugzeug langsam auf der Landebahn landete, schaute ich aus dem Fenster und dachte tief nach. Die Stadt leuchtete leise unter dem dunklen Himmel. Er fühlte sich, als wären die Lichter der Stadt ein Spiegelbild der Vergangenheit. In den Lichtern verbirgt sich eine unveränderliche Wahrheit.

Ich drehte den Kopf und schaute aus dem Fenster. In seinen Augen war nur ein Ziel deutlich zu erkennen. Alles andere war nur ein Werkzeug, um dieses Ziel zu erreichen. Als das Flugzeug die Landebahn verlangsamte, wappnete ich mich. Es ging nicht nur um Geld oder Macht. Es war eine intrinsische Kraft, die die Welt bewegte. Als das Flugzeug komplett zum Stillstand kam und die Passagiere ausstiegen, stand ich langsam von meinem Sitz auf. Er stählte sich und war bereit, vorwärts zu gehen. Sein Ziel war klar. Und um dieses Ziel zu erreichen, war er bereit, jede Schwierigkeit zu ertragen. Er stieg aus dem Flugzeug und machte sich auf den Weg zum Flughafenterminal, um sich seinen Weg vorzustellen. Die Welt wird sich verändern, aber wir werden diese unveränderliche Wahrheit, die Macht des "Einen", nicht aus den Augen verlieren. Es war meine treibende Kraft in seinem Leben, und es war die einzige Wahrheit, die er suchte.

Mit einem Schulfreund ein Unternehmen gründen

Ein Schulfreund, der bei Apple arbeitet, war fasziniert von Younghwans Geschäftsidee. Der Freund traf sich in einem Café und fügte seine Ideen hinzu, um über die Richtung der Entwicklung zu sprechen. Der Freund, der sieben Jahre lang bei Apple arbeitete, brachte aufgrund seiner Erfahrung technisches Wissen und Geschäftssinn mit, und Younghwan träumte mit seiner Leidenschaft für das Geschäft und seiner exzellenten Managementphilosophie vom Erfolg.

Die beiden saßen sich in einem Café gegenüber. Beide wussten nicht, wie sie dieses neue Unternehmen gründen sollten.

"Ilho, ich habe eine Idee, aber ich weiß nicht, wo ich anfangen soll", sagte er mit zitternden Augen.

"Ich auch nicht. Aber ich habe einen jüdischen Mentor, den ich kenne. Es wäre sehr hilfreich, wenn Sie mich um geschäftlichen Rat bitten würden", sagte Ilho zuversichtlich.

Sie stimmten sofort zu, sich mit ihrem jüdischen Mentor Jacob zu treffen. Jacob war ein Unternehmer mit Erfahrung im Aufbau mehrerer erfolgreicher Startups in New York.

Sie trafen Jacob in einem gehobenen Restaurant in New York. Jacob begrüßte sie mit seinem charakteristischen freundlichen Lächeln. "Ilho, Younghwan, es ist schön, dich kennenzulernen. Wir würden uns freuen, von Ihrer Vision zu hören."

Young-hwan begann, das Modellprojekt für Kohlenstoffgutschriften zu erläutern.

"Wir wollen eine Vermittlungsplattform für den Handel mit Emissionsgutschriften schaffen. Ziel ist es, Unternehmen dabei zu helfen, ihre Kohlenstoffemissionen freiwillig zu reduzieren und mit ihren Gutschriften zu handeln."

Jacobs Augen funkelten, als er ihren Geschichten zuhörte. "Das ist eine interessante Idee. Aber wenn man ein Unternehmen gründen will, braucht man ein paar wichtige Elemente."

Jacob fuhr ruhig fort. "Zunächst braucht man einen vertrauenswürdigen Partner und ein vertrauenswürdiges Netzwerk. Der Markt für Emissionsgutschriften ist hochkomplex und stark reguliert. Daher ist es wichtig, mit Experten zusammenzuarbeiten, die über ein tiefes Verständnis und Erfahrung auf diesem Gebiet verfügen."

Er hielt einen Moment inne und studierte ihre Reaktionen. Young-hwan und Il-ho hörten ihm ernsthaft zu.

"Zweitens müssen wir die Transparenz und Sicherheit unserer Plattform gewährleisten. Im Handelsprozess ist die Zuverlässigkeit und Sicherheit der Daten sehr wichtig. Dies erfordert die Einführung modernster Sicherheitstechnologien und die regelmäßige Überprüfung und Aktualisierung der Systeme."

Jacob betonte einen dritten wichtigen Faktor. "Drittens müssen wir ein nachhaltiges Geschäftsmodell aufbauen. Die bloße Übernahme von Maklergebühren ist keine Garantie für langfristiges Wachstum. Überlegen Sie, wie Sie Ihren Kunden einen dauerhaften Mehrwert bieten können."

Ihr Gespräch ging weiter. Jacob gab spezifische Ratschläge auf der Grundlage praktischer Erfahrungen. Er versprach, sie mit einigen der wichtigsten Leute bekannt zu machen. "Ich kenne Leute, die in diesem Bereich tätig sind. Ich werde ein Treffen mit ihnen arrangieren."

Unter Jacobs fundierter Beratung begannen Young-hwan und Il-ho, mit seinem Netzwerk und seiner Erfahrung einen konkreten Businessplan zu entwickeln. Ilho war aufgrund seiner Erfahrungen bei Apple für die technische Implementierung verantwortlich, während Younghwan für die Geschäftsstrategie und das Marketing verantwortlich war.

Ein paar Tage später hatten sie ein Treffen mit dem CEO, den Jacob arrangiert hatte. Younghwan, der der Sekretärin des CEO die Reservierung bestätigte und eintrat, war nervös und aufgeregt. Sie glaubten, dass ihr Prototyp neue Geschäftsmöglichkeiten bieten könnte.

Als sich die Tür zum Büro des CEO öffnete, saß er hinter einem riesigen Schreibtisch.

"Hallo, mein Name ist Younghwan. Ich bin hier, weil ich meine Ideen über ein Geschäftsmodell für Kohlenstoffemissionen teilen möchte."

Der CEO lächelte, als er Younghwans Worten zuhörte. "Wenn es um Geschäftsmodelle für Kohlenstoffemissionen geht, bin ich sehr daran interessiert. Aber eine einfache Idee wird nicht ausreichen. Wir brauchen einen konkreten Plan."

Younghwan erläuterte den Prototyp und schlug sein Geschäftsmodell und seine Zusammenarbeit vor. Der CEO war fasziniert von Younghwans Enthusiasmus und seiner Unternehmensphilosophie und fragte sich, ob sie zusammenarbeiten könnten. Sie erkannten die Stärken des anderen an und teilten ihre Vision für das gemeinsame Wachstum. Schließlich schlossen sie sich zusammen, um ihr Geschäftsmodell für Kohlenstoffemissionen weiterzuentwickeln.

Als nächstes zeigte Jacobs Vorstellung bei den Marktexperten großes Interesse an ihren Ideen. Young-hwan lernte Marketingstrategien, um die Glaubwürdigkeit der Plattform durch die Arbeit mit ihnen zu erhöhen, und Il-ho konkretisierte das Projekt nach und nach, indem er technische Probleme löste. Im Laufe einer Kaffeerunde diskutierten sie Geschäftsideen und mit der Erfahrung und den klugen Ratschlägen ihrer Mentoren starteten sie das Unternehmen aus einer neuen Perspektive.

Einen Monat später startete es eine Beta-Version der Relay-Plattform. Die Resonanz der ersten Benutzer war positiv, und sie expandierten zu Partnerschaften mit immer mehr Unternehmen. Jacobs Mentorschaft war eine große Stärke für sie, und er wurde sich immer mehr der Tatsache bewusst, dass die Welt durch die Logik der Macht umgestaltet wird. Die Begriffe Moral, Gerechtigkeit und menschliche Natur erschienen ihm vage und wertlos. Denn je stärker die Macht, desto mehr Menschen wissen nicht, wie weit sie für ihre eigenen Wünsche gehen werden.

Er war allein und besorgt. "Was ist Moral und Gerechtigkeit? Was ist die menschliche Natur?" "Wenn die Macht wächst, wohin gehen wir? Wo hört die menschliche Hässlichkeit auf?"

Die Macht und der Status, den er durch das Relais-Model-Geschäft erlangte, lockten ihn an dunklere Orte. Er dachte über die Folgen dieser Macht nach. Und was sollte der Mensch in einer Welt voller Macht anstreben? Ich konnte die Frage nicht beantworten. Seine Angst hielt an, und er stürzte in den Abgrund angesichts einer verwirrenden und schwierigen Entscheidung. In seinem Inneren brodelte immer noch eine beunruhigende Angst und ein Schmerz. Und niemand wusste, wohin es ihn letztendlich führen würde.

Young-hwan saß mit Il-ho in einem Café. Draußen vor dem Fenster konnte ich Leute emsig kommen und gehen sehen, und die Atmosphäre im Café war ruhig und ruhig. Younghwan nahm einen Schluck von seinem Kaffee und versuchte, die Gedanken zu klären, die in seinem Kopf herumschwirrten. Er versuchte, philosophische Zweifel in konkrete Fragen zu verwandeln.

"Ilho, glaubst du wirklich, dass sich die Welt um die Logik der Macht dreht?" Younghwan drehte den Kopf und fragte Ilho.

Ilho schien für einen Moment in Gedanken versunken. "Nun, ja. Zum größten Teil dreht sich alles um Macht. Aber warum stellst du eine solche Frage?"

Younghuan schaute aus dem Fenster und stieß einen tiefen Seufzer aus. "Ich habe alles auf Rache vorbereitet. Aber in letzter Zeit gehen mir diese philosophischen Zweifel durch den Kopf. Ich weiß nicht, ob Macht alles lösen kann oder ob es noch etwas gibt, das mir fehlt."

Ilho nickte und hörte aufmerksam zu. "Warum verwandeln Sie diesen Zweifel also nicht in eine spezifische Frage? Zum Beispiel: 'Wenn die Macht alles bestimmt, wo sind dann Moral und Gerechtigkeit?'"

Younghwan dachte einen Moment nach. "Ja, diese Fragen kommen mir in den Sinn, aber wie können sie mir helfen, mich zu rächen? Du brauchst nur Kraft für Rache, nicht Moral oder Gerechtigkeit, oder?"

Ilho schwieg einen Moment. "Also, ist deine Rache nur mit Gewalt? Haben Sie eine Frage, die Sie sich unbedingt stellen möchten? Fragen wie, was man aus der Rache herausholen will und was am Ende ist."

Younghwan nahm einen weiteren Schluck von seinem Kaffee und dachte tief nach. "Ja, ich habe nie darüber nachgedacht, was ich von der Rache gewinnen will oder was am Ende dahinter liegt. Ich wollte ihnen einfach nur wehtun und ihnen den Schmerz zurückgeben, den ich fühlte."

Ilho nickte. "Warum nutzt du diese Fragen nicht, um dein wahres Ziel zu finden? Es ist nicht nur Rache mit Gewalt, es ist das, was man wirklich im Leben sucht."

Younghwan schwieg einen Moment. Viele Fragen gingen ihm durch den Kopf. »Was erhoffe ich mir von der Rache? Können Sie sie nicht anders leiden lassen als mit Gewalt?«

Schließlich schüttelte er den Kopf und schloss ab. "Ich habe erkannt, dass solche Fragen mir nicht helfen, mich zu rächen. Es ist nie zu spät, es in die Praxis umzusetzen und sich ein eigenes Urteil zu bilden. Lasst uns gehen und die Wahrheit über Rache herausfinden."

3
Strategischer Entwurf

Younghwan spazierte durch die belebten Straßen des Silicon Valley, umgeben von glitzernden Fenstern und voller Lebendigkeit. Die Straßen waren mit der Energie von Start-ups gefüllt, und die neuesten technologischen Innovationen wehten aus jeder Ecke.

Er kam mit 700 Millionen Won aus einer Familie von goldenen Löffeln ins Silicon Valley in den USA. In Zusammenarbeit mit Freunden und Mentoren gründete er sein eigenes Unternehmen und baute es mit innovativer Technologie und dem Geschäftsumfeld aus. Young-hwans Freund Il-ho verließ die Firma, für die er arbeitete, und gründete mit ihm ein Geschäft für Relaismodelle. Sie kombinierten Spitzentechnologie mit innovativen Ideen, um eine neue Relaismodellplattform zu entwickeln. Die Plattform wird als Relaismodell in einer Vielzahl von Branchen und Märkten eingesetzt, und ihr Geschäft war erfolgreich.

Bei dem Projekt handelte es sich um ein Relay-Modell für Emissionsgutschriften. Dies ist ein innovativer Weg, um die von Unternehmen verursachten Kohlenstoffemissionen zu reduzieren, und Unternehmen, die Emissionen reduzieren wollen, konnten verschiedene Vorteile wie Maklergebühren generieren, indem sie sie an Unternehmen weiterleiteten, die Emissionsgutschriften haben müssen. Um diese innovativen Ideen weiterzuentwickeln, waren mehr Mittel erforderlich. Sie beschlossen, das Problem durch VC-Investitionen zu lösen. VC-Investitionen waren eine wichtige Finanzierungsquelle, um das Geschäftsmodell voranzutreiben. Risikokapital (VC)-Investitionen sind eine Investitionsmethode, die Mittel für die Entwicklung eines Unternehmens in der Frühphase oder eines neuen Geschäftsmodells bereitstellt. Unternehmen, die ein Relay-Modell für Emissionsgutschriften einführen, können VC-Investitionen nutzen, um sich eine ausreichende Finanzierung zu sichern. Mit der Beratung und Investitionsunterstützung, die sie von ihren jüdischen Mentoren erhielten, stellten sie mehr Talente ein und leiteten das Unternehmen.

Unter seiner Führung hat das Unternehmen neue Märkte erschlossen und seinen Kunden innovative Dienstleistungen angeboten.

Schließlich konnte ein deutlicher Umsatzanstieg erzielt werden. Younghwan wurde zum CEO ernannt und spielte eine wichtige Rolle bei der Leitung des kontinuierlichen Wachstums und der Entwicklung des Unternehmens. Die Bewertung des Unternehmens stieg rapide an, was zu einem Börsengang führte. Seitdem hat das Unternehmen investiert und neue Investitionen finanziert, um sich auf globale Märkte und die Technologieentwicklung zu konzentrieren.

3-1 Aufbau eines unterirdischen Imperiums

Während das Unternehmen überwältigend wächst, treffen Young-hwan und Il-ho auf eine Gruppe von Kartellunternehmern mit engen Verbindungen zur Rohstoff- und Energieindustrie. Und sie trafen sich mit ihnen, um neue Geschäftsmöglichkeiten und Wege der Zusammenarbeit zu finden.

Younghwan: Ilho, was wirst du dieses Mal tun? Ein Treffen mit Kartellunternehmern könnte uns eine größere Chance geben.

Ilho: Younghwan, glaubst du wirklich, dass dir das Treffen mit ihnen diese Gelegenheit geben wird? Welche Art von Zusammenarbeit können wir mit ihnen haben?

Young-hwan: Ilho. Durch das Netzwerk, das wir bereits haben, können wir nicht nur Kohlenstoffgutschriften-Relaismodelle, sondern auch Rohstoffe weitergeben.

Ilho: Möglicherweise. Aber ich frage mich, wie weit wir unsere Beziehung zu ihnen gehen sollten. Wir müssen auch an unsere eigene Sicherheit denken.

Younghwan: Das ist richtig. Aber die Zusammenarbeit mit dem Kartell wird uns einen Einblick in neue Geschäftsmöglichkeiten geben, und es wird ein Wendepunkt für uns sein, um zu einem globalen Unternehmen zu wachsen."

Ilho: Ich verstehe. Während wir also vorsichtig mit unserer Beziehung zum Kartell umgehen, konzentrieren wir uns auf die Verwirklichung eurer Pläne.

Ihr Treffen war eine große Hilfe bei der Suche nach neuen Geschäftsmöglichkeiten und wurde zu einem Sprungbrett für das Relaismodellgeschäft, um durch Zusammenarbeit weiter zu wachsen. Er kommt in Kontakt mit dem Kartell, einer dunklen Macht, und wird in verschiedene Relaismodellgeschäfte verwickelt. Das Kartell war eine mächtige Kraft, die nicht nur mit der schwarzen Gesellschaft Chinas, sondern auch mit den politischen Kreisen vieler Länder verbunden war. Young-hwan erhoffte sich dadurch auch internationale Macht.

Er trat leise und entschlossen in die Dunkelheit. Methoden zur Weitergabe wichtiger Rohstoffe wie Öl, Getreide und Mineralien wurden gründlich untersucht. Er stand ständig in Kontakt mit den schattenhaften Gestalten, um Informationen zu erhalten, und er setzte sein ganzes Wissen ein, um ihr Vertrauen zu gewinnen. Ehe ich mich versah, war ich im Zentrum der Rundfunkbranche.

Zu dieser Zeit hatte er vier wichtige Dinge im Sinn.

Intelligenz, Lobbying, Affinität, Kühnheit. Diese vier Dinge waren für den Erfolg eines Maklers unerlässlich. Younghwan hatte diese Dinge während der Arbeit an dem Emissionsgutschriftenprojekt umgesetzt. Und es fiel mit der Verstaatlichung des Öls in den Ländern des Nahen Ostens zusammen, die zu globalen Ungleichgewichten führte, und dem Beginn des Welthandels, der zum Zwischenhandel mit Rohstoffen führte. So konnte er mehr Macht gewinnen.

Russlands Rohstoffexportwirtschaft, Chinas schnell steigende Nachfrage nach Rohstoffen und der Getreide- und Öltransit in der Dritten Welt haben seinen Einfluss ausgeweitet. Das Unternehmen verlegte seinen Hauptsitz von den Vereinigten Staaten in die neutrale Schweiz und baute ein riesiges Relaisnetz auf.

Zusätzlich zu den vier Gründen für seinen Erfolg hatte er ein tiefes Verständnis für den Unterschied zwischen Intermediär- und Intermediärmodellen. Über die einfachen Gewinne aus Maklerprovisionen hinaus hat es sich strategisch bewegt, um die Vertriebsstruktur zu dominieren. Sie hat sich nicht als Vermittler zwischen A und C etabliert, sondern als Vermittler zwischen A und B und B und C. Er kaufte das Volumen von A, nahm einen kleinen Teil der Welt und machte riesige Gewinne durch Dumping und Preissteigerungen.

Für sie war die Weltwirtschaftskrise schon immer eine Chance.

Er war ein ausgezeichneter Makler, der alle globalen Wirtschaftskrisen, einschließlich Kriege, Embargos, OPEC-Produktionskürzungen und Hunger in verschiedenen Teilen der Welt, zu seinen Interessen machte. Das Geschäftsmodell war einfach, aber leistungsstark. Wann immer es eine Krise gab, wurden durch unfairen Preishandel riesige Gewinne erzielt. Als Südkorea wegen seiner nuklearen Entwicklung unter Wirtschaftssanktionen stand, verkaufte es Öl zu einem hohen Preis und erzielte riesige Gewinne. Diese Zyklen traten periodisch auf, und sie waren immer auf der Suche nach einem Vorteil.

Auch die Methode des Rohstoffhandels war überraschend einfach. Als die Weltwirtschaft stark war, kauften sie Ersatzteile ein, und wenn die Preise auf dem Tiefpunkt waren, kauften sie in großen Mengen. Als die USA beispielsweise aufgrund der Schieferrevolution zum größten Ölproduzenten der Welt wurden, erreichten die Ölpreise für eine Weile ihren Tiefpunkt. In dieser Zeit sicherten sich Makler durch große Käufe ein großes Volumen. Später, als die Ölpreise aufgrund von Produktionskürzungen oder Kriegen im Nahen Osten in die Höhe schossen, erzielten sie enorme Gewinne durch den Verkauf großer Mengen.

Young und sein Team kontrollierten 25 Prozent der weltweiten Ölversorgung. Die Versorgung mit sieben der weltweit wichtigsten Getreidesorten machte ebenfalls 50 Prozent aus. Kobalt, ein wichtiger Rohstoff für Elektrofahrzeuge, machte 33 % des weltweiten Angebots aus und stand unter ihrer Kontrolle. Es hat seine Gewinne auch durch Änderungen in der Art und Weise, wie Getreide- und Ölpreise bestimmt werden, insbesondere auf den Futures- und Optionsmärkten, ausgeweitet. In der Vergangenheit spielten sie auf Tausch- und Spotmärkten, aber jetzt sind sie in den Futures-Markt eingestiegen. Wenn der Preis vor Ort festgelegt war, war es einfach, vom Futures-Markt zu profitieren. Durch diese Strategie demonstrierte er seine wirtschaftliche Dominanz über die Welt.

Wann immer die Weltwirtschaft ins Stocken geriet, stand sie immer im Mittelpunkt. Die Rohstoffe, die er kaufte, waren nicht nur Materialien, sie waren das Lebenselixier der Weltwirtschaft. Jede seiner Entscheidungen erschütterte die Weltwirtschaft, was ihn inoffiziell auf Platz 1 der reichsten Menschen der Welt brachte. Und er hat seine Beziehung zu Politikern nicht vernachlässigt. Die Politiker in jedem Land hatten keine andere Wahl, als sich an Vermittler zu wenden, anstatt ihre Länder durch Wirtschaftssanktionen oder Krisen ruinieren zu lassen. Young-hwan nutzte diese Situation voll aus und maximierte seinen Einfluss.

Er packte und rüttelte den Kern der weltweiten Rohstoffversorgung und häufte immer mehr Macht an. Dieser überwältigende Anteil und die wirtschaftliche Dominanz symbolisierten Macht, die über seinen Reichtum hinausging. Politiker und Wirtschaftsführer auf der ganzen Welt hatten keine andere Wahl, als sich auf ihn zu verlassen. Die Rohstoffmärkte, die er erschütterte, diktierten sogar das politische Gleichgewicht der Welt. Es zeigte, wie er auf der Weltbühne war. Und er infiltriert heimlich verschiedene Organisationen in Südkorea und tarnt sie als Unternehmen. Sie gründen Selbstständigkeit und Unternehmen, aber sie haben einen dunklen Platz im sozialen Gefüge Südkoreas. Sie gaben auch viel Geld aus, um die höchsten politischen Kreise, Staatsanwälte und Polizisten zu bestechen, um an die Macht zu kommen.

Sein Untergrundimperium wuchs still und leise in einer verborgenen Welt und übernahm die Kontrolle über die dunkle Seite der Gesellschaft. Und verschiedene kreative Strategien wurden mobilisiert, um das Untergrundimperium weiter auszubauen, wie zum Beispiel:

Verdeckte erweiterte Geschäftsbereiche: Beteiligt an anderen kriminellen Aktivitäten wie Finanz-, Immobilien-, Waffen- und Drogenhandel mit illegalen Mitteln. Infolgedessen wuchs und expandierte sein Untergrundimperium insgeheim.

Ausbeutung der Technologie: Er nutzte die neueste Technologie, um sein Untergrundimperium zu stärken. Sie nutzten Kryptowährung und Blockchain-Technologie, um Geld zu waschen und geheime Transaktionen und Informationsaustausch über das Internet durchzuführen. Darüber hinaus nutzten sie Cyber-Hacking, um Konkurrenten zu unterdrücken und Informationen zu stehlen, um ihr Territorium zu sichern.

Undercover-Organisationsstruktur: Die Organisationsstruktur des Untergrundimperiums wurde sehr geheim betrieben. Er benutzte eine Vielzahl von Aliasnamen, um sich zu schützen, und benutzte verschiedene unterirdische Tunnel und Verstecke, um nicht verfolgt zu werden. Darüber hinaus wurde ein starkes Kontrollsystem innerhalb der Organisation eingerichtet, um die Vertraulichkeit zu gewährleisten.

Bestechung von Politik und Strafverfolgung: Er bestach Politiker und Strafverfolgungsbehörden, um seine Macht zu festigen. Dies ermöglichte es ihm, Schlüsselbereiche der Politik und Wirtschaft zu kontrollieren und sein Untergrundimperium zu schützen und aufzubauen. Auf diese kreative und ungewöhnliche Weise gewann er Kraft in der Dunkelheit Koreas. Die ganze Welt bewegte sich in seinen Händen, und sie ging in die Richtung, die er wollte. Es war der verborgene Herrscher der Weltwirtschaft. Er besuchte sie in seinem Traum und sagte leise:

"Du hast mir alles genommen, aber ich habe die Welt selbst in die Hand genommen. Jetzt beginnt unsere Geschichte."

3-2 Erweitern Sie Ihren Einfluss

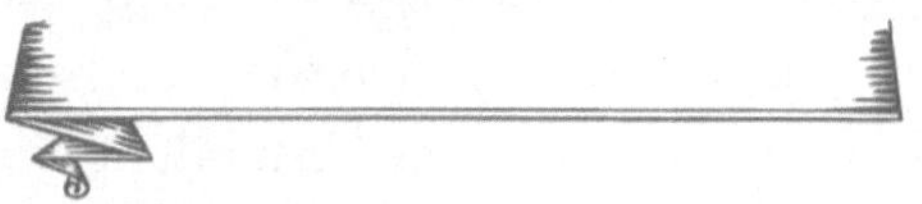

Er erweiterte seinen Einfluss, indem er sich mit den Kartellen traf, aber das reichte nicht aus. Sein Geist war erfüllt von tieferen, dunkleren Gedanken. Jetzt, da er eine riesige Menge Geld in den Händen hielt, fragte er sich, was er damit anfangen sollte. Er wollte eine größere Macht, um alle Nationen der Welt zu kontrollieren.

Wie können wir mehr Macht und Einfluss gewinnen? Um sich an ihr zu rächen, brauchst du eine mächtigere Waffe.

Younghwan schaute sich die Papiere und Berichte auf seinem Schreibtisch an. Er eröffnete ein Schweizer Konto und überprüfte das Geld, das er mit dem Geschäft verdiente. Geld allein konnte die Welt nicht erobern. Ich wurde an das Prinzip erinnert, nach dem die Großmächte der Vergangenheit Macht hatten. Sie hatten alle ihre eigenen Waffen.

Er zog ein dickes Buch aus dem Regal neben seinem Schreibtisch. Es trug den Titel "Die Geschichte der Atomwaffen". Ich schlug das Buch auf und begann, die Ereignisse der Mitte des 20. Jahrhunderts zu lesen. Es war eine Zeit, in der Wissenschaftler Atomwaffen entwickelten, und das bestimmte die Logik der Macht der Staaten. Als er über die Situation nachdachte, hatte er das Gefühl, dass er etwas Ähnliches brauchte, um seine Ziele zu erreichen.

"Etwas, das absolute Macht haben kann, wie eine Atomwaffe ...« murmelte er und blätterte eine Seite um. In diesem Moment schoss ihm ein Gedanke durch den Kopf. Es ist nicht nur eine militärische Waffe, es ist eine Technologie, die das Leben der Menschen komplett verändern kann. Mit dieser Technologie schien er in der Lage zu sein, ein ganzes Land zu übernehmen.

"Wenn Atomwaffen die Logik der Macht bestimmen, was wird dann die Macht der nächsten Generation sein?", fragte er sich. "Welche Technologie kann die Macht jedes Landes in meine Hände legen?"

Younghwan: (klappt seinen Laptop auf und beginnt zu recherchieren) Was wäre, wenn es eine Verbindung zu Physikern gäbe? Sie haben geniale Gehirne und können ihre Fähigkeiten nutzen, um noch mehr Einfluss zu gewinnen.

"Die Geheimnisse der Quantenmechanik .... Portal...Er begann, die Hinweise zu begreifen. "Ja, eine dimensionale Tür", sagte er und sprang von seinem Sitz auf. Die Technologie des Warpportals war der Schlüssel, um alles zu verändern. Als die Technologie perfektioniert war, gab es von keiner Nation oder keinem Herrscher etwas zu befürchten.

"So wie Atomwaffen die Logik der Macht bestimmten, wird jetzt die Technologie, die ich entwickle, ihren Platz einnehmen."

Er wollte die Struktur der Welt verstehen und die Fähigkeit, sie zu verändern. Der erste Schritt war die Quantenmechanik. Er hatte eine tiefe Leidenschaft für Wissenschaft und Technologie, und jetzt nutzte er das Geld, um neue Verbindungen zu finden: geniale Gehirne. Ich kontaktierte einige der renommiertesten Physiker. Und er beschloss, ein geheimes Labor einzurichten, um den Augen der CIA und des FBI in den Vereinigten Staaten zu entgehen.

Eine luxuriöse Hotelsuite in New York, sein geheimer Treffpunkt. Das Fenster seiner Suite spiegelte den herrlichen Nachtblick auf Manhattan wider, aber seine Augen waren auf die Dokumente auf dem Tisch gerichtet. Er hatte heimlich Kontakt zu Physikern verschiedener renommierter Universitäten und Spitzenwissenschaftlern auf ihrem jeweiligen Gebiet gehabt, und es war endlich an der Zeit, sie von Angesicht zu Angesicht zu treffen.

"Hallo zusammen", begrüßte er die vier Physiker, die um einen Tisch in seiner Suite im 100. Stock saßen. "Es ist mir eine Freude, Sie hier zu haben."

Nachdem sie sich vorgestellt hatten, tauschten die Wissenschaftler Blicke aus und sahen Younghwan an. "Ich möchte genau wissen, warum wir hier sind", sagte ein Physiker. Er schloss für einen Moment die Augen, holte Luft und begann ruhig zu erklären. "Ich habe Vertrauen in Ihre Forschungsarbeit und Ihre Fähigkeiten. Deshalb haben wir Sie eingeladen, sich uns bei diesem geheimen Projekt anzuschließen. Die Technologie, die wir gemeinsam entwickeln werden, sind Portale. Diese Technologie wird nicht nur ein Mittel zur Teleportation sein, sondern ein revolutionärer Sprung nach vorne, der die Zukunft der Menschheit verändern wird."

Ihre Gesichter waren voller Überraschung und Aufregung. Er beobachtete ihre Reaktionen, während er fortfuhr. "Dieses Projekt muss jedoch unter äußerster Geheimhaltung durchgeführt werden. Um einer Überprüfung durch die Regierung zu entgehen, werden wir es als Geschäft tarnen. Sie werden als Forscher in einem scheinbar legitimen Labor arbeiten."

Er zeigte auf das Dokument auf dem Tisch. "Hier ist der erste Entwurf und der Budgetplan für unser Institut. Alle Finanzierungen werden vollständig und nicht nachvollziehbar sein."

Ein Wissenschaftler hob die Hand und fragte: "Wo findet unsere Forschung statt?"

"Wir planen, ein Forschungszentrum in einer abgelegenen Gegend des Mittleren Westens zu errichten", antwortete Young-hwan. "Es ist schwer zugänglich, also perfekt für die Sicherheit. Wir haben uns den Standort bereits durch Verhandlungen mit lokalen Immobilien gesichert."

Am Ende des Treffens kehrten die Wissenschaftler in ihre Hotelzimmer zurück.

Ein paar Tage später traf er sich heimlich mit einem örtlichen Immobilienvertreter. Es war in der Trostlosigkeit der Wüste versteckt und für niemanden zugänglich. Das Äußere des Labors war bewusst schlicht gestaltet und sah aus der Ferne wie ein einfaches Lagerhaus aus. Wenn Sie jedoch genau hinsehen, können Sie die Akribie erkennen, die sich im Gewöhnlichen verbirgt.

Die Außenwände des Instituts wurden mit rauem grauem Beton verkleidet. Überall gab es abblätternde Farbspuren und Gebrauchsspuren, die es wie ein altmodisches Gebäude aussehen ließen. Das Gebäude war mit Unkraut und kleinen Steinen übersät und es sah aus, als wäre es lange Zeit vernachlässigt worden. Ein kleines Schild stand neben dem Eingang des Instituts. Es hatte einen fadenscheinigen Namen: "Desert Warehouse". Die großen Eisentüren des Labors waren schwer und rostig, aber sie ließen sich aufgrund des eingebauten hochmodernen Sicherheitssystems nicht leicht öffnen. Und die Fenster aus dickem Panzerglas sind klein und hoch, so dass man nicht hineinsehen kann. Der schmale Weg, der zum Institut führte, war durch seltene Benutzung gekennzeichnet, und der Wind wehte den Sand überall hin. Beim Öffnen der Metalltüren werden Sie von einem High-Tech-Sicherheitstor und einer aufwendigen Innenstruktur begrüßt. Entgegen dem Anschein handelte es sich um ein streng bewachtes Geheimlabor.

Das Innere des Labors war mit Hochsicherheitsgeräten und modernsten Forschungsgeräten ausgestattet. Die verschiedenen Labore, Labore und Konferenzräume entlang der Korridore waren jeweils für einen bestimmten Zweck konzipiert, und die Wände waren mit Spracherkennungs- und Gesichtserkennungssystemen ausgestattet, die nur von autorisiertem Personal betreten werden konnten. Von außen sah es aus wie ein einfaches Lagerhaus, aber im Inneren war es ein Zentrum für modernste Wissenschaft und Technologie. Verborgen vor den Augen der Welt richtete das geheime Labor ein strenges Sicherheitssystem ein und verschlüsselte die gesamte Kommunikation.

Das fertige Labor war mit weißen Wänden und silbernen Maschinen gefüllt. Die Forscher trugen weiße Kittel und bedienten komplexe Maschinen, um die Daten zu analysieren. Als die Portalforschung voranschritt, waren er und die Wissenschaftler vorsichtig. Sie setzten ihre Forschung fort, indem sie heimlich Daten in ihren jeweiligen Labors austauschten. Niemand kannte ihre wahre Bestimmung. Er besuchte das Institut jeden Tag, um den Fortschritt seiner Forschung zu überprüfen. Sein Blick war scharf und übte einen immensen Druck auf die Forscher aus.

Geheimlaboratorien der Vereinigten Staaten
Unter ihnen war Dr. Richards, der als Meister der Quantenmechanik bezeichnet wird. Dr. Richards verstand Youngs Vision und erforschte eine neue Dimension der Physik.

"Younghwan, was sind Ihre Ziele?", fragte Dr. Richards.

"Es geht darum, Teleportation und Dimensionsreisen zu ermöglichen. Wir werden dadurch eine neue Welt aufbauen", sagte Younghwan mit kaltem Blick.

Das Team begann, die Kernprinzipien der Quantenmechanik zu untersuchen. Es war ein Versuch, Quantenüberlagerung und Quantenverschränkung zu nutzen, um neue Portale zu entwickeln. Theoretisch schien es möglich, aber es war sehr schwierig, es in der Praxis umzusetzen.

"Quantenüberlagerung bezieht sich auf den Zustand, in dem 0 und 1 gleichzeitig existieren. Wir werden in der Lage sein, diesen Zustand zu nutzen, um Materie in andere Dimensionen zu transportieren", erklärte Dr. Richards.

"Wie nutzen wir also die Quantenverschränkung?", fragte er.

"Bei der Quantenverschränkung können Informationen durch die Verbindung zwischen zwei Objekten sofort kommuniziert werden. Dies wird es uns ermöglichen, das Material dorthin zu bringen, wo wir es haben wollen", sagte Dr. Richards.

Gemeinsam mit Physikern betrat Young-hwan die geheimnisvolle Welt der Quantenmechanik. Sie führten Experimente von der Mikrowelt bis zur Makrowelt durch und standen kurz davor, innovative Entdeckungen zu machen.

Sein Team begann mit den ersten Experimenten. Mit kleinen Teilchen wurden Quantenüberlagerung und Verschränkung getestet. Das Experiment war sehr komplex und hatte viele Fehlschläge.

"Scheitern ist die Mutter des Erfolgs. Wir müssen es weiter versuchen", ermutigte Young-hwan sein Team.

Während er mit Physikern an der Quantenmechanik in der mikroskopischen Welt arbeitet, entdeckt er die Existenz eines Portals, das die Teleportation in der makroskopischen Welt ermöglicht. Dies bot ihnen eine erstaunliche Gelegenheit, die seinen Verstand noch mehr verwirrte.

Physiker: Ich bin froh, dass unsere Forschung gut voranschreitet.

Younghwan: (macht eine Pause) Es ist erstaunlich, dass wir innovative Entdeckungen machen. Aber.... (zögerlich)

Physiker: Was ist das?

Younghwan: Es ist erstaunlich, ein Portal zur makroskopischen Welt zu schaffen und sich dorthin zu teleportieren, aber ich mache mir Sorgen über die Konsequenzen davon. Der Weg, den ich eingeschlagen habe, ist kompliziert und dunkel, aber ist es richtig, die Welt zu verändern?

Physiker: (nickt) Die Welt zu verändern ist nie einfach. Aber wir müssen alle Möglichkeiten für den Fortschritt der Wissenschaft ausloten.

Younghwan: (fühlt etwas Seltsames in sich) Ja, das stimmt...Ich werde alle Möglichkeiten ausloten.

Younghwan: (gedankenverloren vor seinem Laptop) Wenn du dich teleportierst, um die Zeit zu verzerren und in der Zeit zurückzureisen...Ich werde die glücklichen Momente, die ich dort mit ihr hatte, noch einmal erleben können. Aber wenn das passiert, muss ich diesen Racheplan stoppen?

Physiker 2: (Der Physiker, der hereinkam, spürte Young-hwans Ärger) Young-hwan, was ist los? Sieht so aus, als würdest du zu viel nachdenken.

Schließlich hatten sie ihren ersten Erfolg. Den Teilchen war es gelungen, sich von einem Ort zum anderen zu teleportieren. Das Team jubelte.

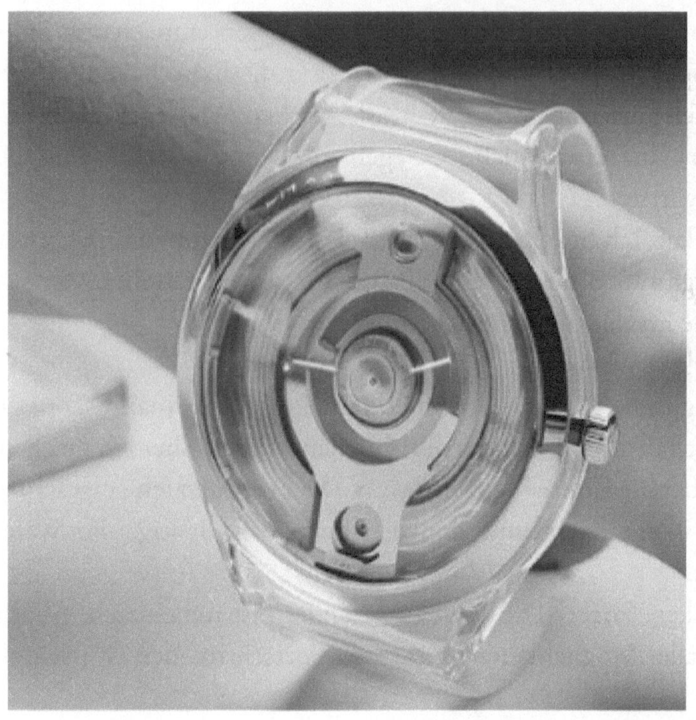

PORTALE

Die Uhr, die das Teleportationsportal öffnet, scheint aus Metall zu bestehen, aber ihre Oberfläche vermittelt ein glattes, vorteilhaftes Gefühl. Die Form der Uhr ist oval und erinnert an endlose Dimensionen. Und es strahlt ein buntes Licht aus, das seine Farbe ändert, je nachdem, wo das Auge ruht. Es besteht aus einer flüssigen Flüssigkeit, und seine Umrisse scheinen sanft und elegant zu fließen. Wenn du die Oberfläche berührst, sickert die Flüssigkeit durch deine Finger, und du kannst den Fluss der Dimension in diesem Moment spüren. Ein leichtes Tippen auf die Uhr erzeugt eine sanfte Resonanz, die Ihnen das Gefühl gibt, einem Klang zu lauschen, der Dimensionen überschreitet.

Younghwan berührte leicht das Gerät an seinem Handgelenk. Das Gerät reagierte und aktivierte sich mit einem leisen, leisen Brummen. In diesem Moment brach ein blendendes Licht aus der Uhr. Das Licht begann als kleine Perle, wurde aber allmählich größer und begann, den gesamten Raum zu umhüllen. Das Licht kräuselte sich in Schillern, wie die Aurora Borealis, die tanzt. Bunte Partikel schwebten und funkelten im Licht, und alles um sie herum wurde auf mysteriöse Weise durch das Licht verwandelt. Das Zentrum des Lichts wurde intensiver, und eine schwache Welle kräuselte sich aus dem Inneren.

Er trat in die Mitte des großen Lichts. Seine Umgebung wurde immer blendender hell. Er tippte noch einmal auf seine Uhr und setzte sich sein Ziel. Das Prinzip der Quantenverschränkung ist am Werk, und Raum und Zeit beginnen sich in den Wellen des Lichts zu verflechten. In diesem Moment zog sich eine Lichtwelle stark zusammen und konvergierte zu einem einzigen Punkt. Er verschwand, als wäre er in den Punkt gesogen worden. Sein Blick wurde sofort von einem hellen Licht erfüllt, und er wurde sofort an sein Ziel gebracht.

Sie fand Ragam schlafend neben ihrem Mann und ihrer Tochter. Sie konnte nicht verstehen, wie er hier war.

"Ragam, du hast nicht vergessen, wer ich bin, oder? Jetzt bin ich im Zentrum der Welt. Es ist Zeit, sich an dir zu rächen", flüsterte Younghwan ihr zu, während sie im Schlaf schnarchte.

Ragam rieb sich die Augen, als er erwachte, und trat erschrocken zurück. "Young-hwan? Das ist ein Traum, nicht wahr?? Alles, was wir getan haben, ist Vergangenheit!"

Als sie aufwachte, kehrte er sofort ins Labor zurück.

Physiker: Young-hwan, ich habe dich gefunden.

Younghwan: (flüstert leise dem Physiker zu) Ich brauche etwas. Sie werden es schaffen.

Younghwan: Ich brauche die perfekte Uhr, die nicht nur die Uhr trägt, sondern auch andere mit ihr bewegen können. Ein brillanter Verstand wie Sie wird dazu beitragen, die Uhr zu ergänzen und zu vervollständigen.

Physiker: (lächelt) Wie fangen wir also an?

(Young-hwan und der Physiker beginnen, die Pläne des anderen zu planen und auszuführen)

Er beginnt eine Studie, um eine unvollkommene Uhr in eine perfekte zu verwandeln, um ein tieferes Bild von seinem Racheplan gegen sie zu zeichnen.

Physiker: Jede Entscheidung hat Konsequenzen. Aber wir müssen eher Möglichkeiten als Ängste verfolgen, und der Weg, den Sie wählen, kann eine größere Bedeutung haben.

Younghwan: (grinst mürrisch) Wahrscheinlich. Ich muss daran glauben, dass meine Wahl die richtige ist.

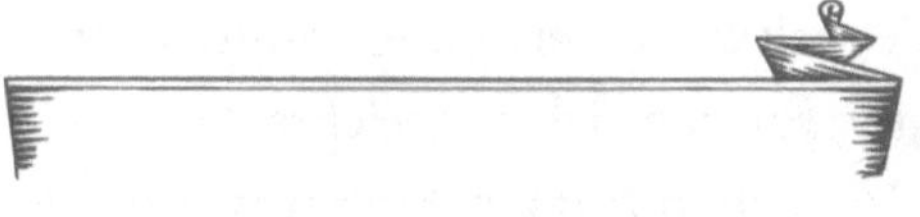

3-3 Netz der Macht

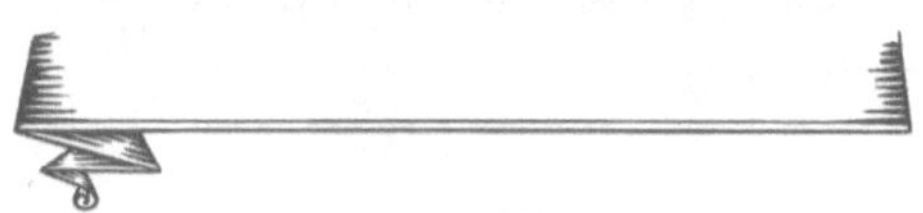

Nachdem er eine unvollkommene Uhr entwickelt hatte, unternahm er sorgfältig Schritte, um die Erfindung der Welt unbekannt zu halten.

Younghwan: "Was hier passiert, darf der Welt nicht bekannt werden, alles muss vor uns geheim gehalten werden."

Physiker: "Ich verstehe, Young-hwan. Wir müssen mit dieser Erfindung vorsichtig umgehen."

Younghwan: "Richtig. Das ist nicht nur für uns, um Kraft zu gewinnen, es wird ein mächtiges Werkzeug für mich sein, um mich an ihr zu rächen." Während dieser Zeit trifft er sich mit allen Führern im Netz der Macht: den Vereinigten Staaten, China usw.

(aus der Bibliothek)

Er vertiefte sich in die komplexe Ethik und die Interessen der Nationen der Welt und sagte die Zukunft voraus. Es ist eine tiefgründige Analyse der verschiedenen Spannungen, die die Welt im Griff haben. Er spürte eine potenzielle Gefahr, die andere nicht bemerkten. Der Aufstieg Chinas, die Spannungen mit Russland und die instabile Lage im Nahen Osten. Ich fragte mich, wohin das alles führen würde.

Eines Tages fand er in der Bibliothek ein Buch mit dem Titel "The Predestined War". Dieses Buch enthält Vorhersagen und Analysen zukünftiger Kriege. Er schlug das Buch auf und blätterte nervös durch die Seiten. Das Buch war eine gute Darstellung von Chinas Wachstum und Amerikas Ängsten. Chinas Wirtschaftswachstum hatte es in die

Lage versetzt, die weltweite Fertigungsindustrie anzuführen, und die Vereinigten Staaten fühlten sich angesichts dieses Wachstums unwohl. Und unter den 16 vorhergesagten Krisen war der Konflikt zwischen den Vereinigten Staaten und China die prominenteste. Als ich das Buch las, hatte ich das Gefühl, dass sich meine Werte und der Inhalt dieses Buches vermischten.

Im Netz

Er wollte sich mit den Mächten der Vereinigten Staaten, Chinas und anderer Länder vereinen, um seinen Einfluss innerhalb des Machtnetzes auszuweiten. Sie wollten sich nicht nur in der Wissenschaft, sondern auch in verschiedenen Bereichen wie Wirtschaft, Politik und Militär vernetzen.

Er betrat den internationalen Konferenzsaal, um sich mit Schlüsselfiguren der Weltpolitik zu treffen. Sein Ziel war es, die Führer der Nationen zu persönlicher Rache zu erpressen und ihre Sympathie zu suchen. Der Konferenzraum, in dem sich die Staats- und

Regierungschefs versammelten, war von Wänden umgeben, die mit riesigen Bildschirmen und langen Konferenztischen gefüllt waren. Die Politiker beider Länder waren sich gegenseitig bewusst. In der Mitte des Raumes stand Younghwan. Er setzte seine Präsentation mit einem selbstbewussten Gesichtsausdruck fort.

"Staatsoberhäupter, bis jetzt hat sich Ihre Wirtschaft stark auf unsere Rohstoffmakler verlassen. Russland, afrikanische Warlords, Nordkorea und die Nationen des Nahen Ostens greifen alle nach unserem Rohstoffhandel."

Seine Stimme war ruhig und intensiv. Der Bildschirm war mit Grafiken und Diagrammen gefüllt, die die Abhängigkeit jedes Landes von Rohstoffen zeigten. Die Grafiken erregten die Aufmerksamkeit der nationalen Führer.

"Sie können hier sehen", sagte Younghuan und deutete mit der Hand auf die Grafik, "Es ist klar, wie abhängig Ihre Wirtschaft im Moment von uns ist. Wenn das Schlimmste eintritt, ein Embargo für Öl- oder Halbleiterrohstoffe, wird Ihr Land in eine ernsthafte Krise geraten."

Ein Seufzer hallte durch den Raum. Die Führer sahen sich ins Gesicht. Einige von ihnen waren sich dessen bereits bewusst, aber diese klare Zahl machte es umso ernster.

"Deshalb", fuhr er fort, "wenn Sie sich nicht mit uns zusammenschließen wollen, müssen Sie eine sehr wichtige Entscheidung an der diplomatischen Front treffen. Aber ich frage mich, ob Sie diese Option zu diesem Zeitpunkt haben."

Einige der Anführer verdrehten sich unbehaglich. Sie mussten ein nüchternes Urteil über Probleme fällen, die von der Wirtschaft und Stabilität ihres Landes abhingen. Einige nickten.

"Sie wissen jetzt, dass es nicht das Land war, sondern ein paar private Monopolunternehmen, die Rohstoffe weiterleiteten und verteilten", fuhr Young-hwan fort. "Wir haben bereits einen großen Marktanteil. Deshalb sind wir inoffiziell die reichsten der Welt."

Er hielt inne, um zu sehen, wie die Führer reagierten. Die Staats- und Regierungschefs mussten ihm zuhören und akzeptieren, dass sie nie wieder in der Lage sein würden, ihre Volkswirtschaften unabhängig zu führen.

"Am Ende", fügte Yonghuan mit einem Lächeln hinzu, "wird die Zusammenarbeit mit uns die beste Wahl für Ihr Land und Ihr Volk sein."

Der Raum wurde für einen Moment still. Die Führer der Nationen quälten sich innerlich, und einige von ihnen gaben zu, dass sie keine andere Wahl hatten, als sich mit diesen skrupellosen Maklern zu verbünden. Sein selbstbewusstes Lächeln machte noch deutlicher, dass sie ihm bereits in die Hände spielten.

"Meine Damen und Herren, der Zweck dieses Treffens ist sehr wichtig. Ich bin entschlossen, eine sehr persönliche Rache zu nehmen, um all die Beleidigungen der Vergangenheit zu rächen", sagte er den politischen Führern im Plenarsaal.

Younghwan: "Ich brauche Ihre Hilfe. Du musst strategisch handeln, um dich an ihr zu rächen. Möchtest du dich an dem Plan beteiligen, den ich vorschlage?"

Präsident der Vereinigten Staaten: "Ihr Plan sieht sehr interessant aus. Wir freuen uns auf die Zusammenarbeit mit Ihnen."

Chinesischer Staatschef: "Wir unterstützen Ihren Plan. Wir dürfen nicht zulassen, dass unser Land mit kleinlicher Rache Schaden erleidet."

Er beobachtete aufmerksam die Reaktionen der politischen Führer um ihn herum. Und es gab diejenigen, die ihr Verständnis und ihre Zustimmung zu seinem Plan zum Ausdruck brachten.

Der Grund, warum die USA ihm helfen wollten, ihn zu entführen, waren die Informationen und Einsichten, die er hatte. Er war in der Lage, eine eingehende Analyse des Aufstiegs Chinas und der Ängste der USA zu liefern. Dies war ein Ausdruck des Engagements der Vereinigten Staaten für den Schutz wichtiger Informationen und

Influencer. Die USA folgten seinem Rat, um die Informationen, die er hatte, zu nutzen, um die Unsicherheit über die Zukunft zu verringern und die Sicherheit zu gewährleisten.

Das Gleiche galt für Chinas Interessen.

Der Sitzungssaal des chinesischen Staatsrats war von Spannung und Geheimhaltung umgeben. Vertreter der für Chinas nationale Sicherheit zuständigen Ministerien saßen zusammen. Es haben Diskussionen über die Faktoren begonnen, die den Aufstieg Chinas bedrohen. Einer von ihnen sagte.

"Ich habe mir die Berichte über Young-hwan angesehen. Die Informationen, die er hat, sind eine große Bedrohung für uns. Die USA werden ihn schützen wollen, und sie werden versuchen, seine Informationen zu nutzen, um Chinas Aufstieg zu begrenzen."

sagte ein anderer Vertreter. "Was sollen wir also tun?"

- sagte der Vorsitzende des Staatsrates von China. "Wir müssen ihn kontrollieren. Es ist notwendig, die Vereinigten Staaten daran zu hindern, ihn zu finden. Wir müssen sicherstellen, dass seine Informationen nicht in die Hände der Vereinigten Staaten gelangen."

»Was dann?« fragte eine Stimme.

"Wir müssen ihm zuerst helfen. Wir müssen den ersten Schritt machen, bevor die USA Druck auf uns ausüben. Selbst wenn er ihn in Zukunft verrät, sollten wir ihm helfen und es für das nationale Interesse nutzen."

Vertreter anderer Länder als China und der Vereinigten Staaten stimmten Yongs Plan ebenfalls zu. Er analysierte das Potenzial des geplanten Krieges und tauchte tief in die Interessen der einzelnen Länder ein.

In dem Versammmlungssaal, in dem sich die Staats- und Regierungschefs beider Länder versammelten, war die Republik Korea nirgends zu sehen. Die wichtigsten Staats- und Regierungschefs der Welt saßen an einem runden Tisch für wichtige Diskussionen, aber Korea war nicht in ihrem Gespräch.

Dies war dem riesigen Netzwerk zu verdanken, das er aufgebaut hatte. Es war ein Akt, der aus dem Vertrauen heraus entsprang, dass er die Republik Korea vollständig allein kontrollieren könnte. Er plante die Operation gerade genug, um in der internationalen Gemeinschaft kein Aufsehen zu erregen.

All dies war eine Logik der Gewalt. Er zeigte, wie unbedeutend Südkoreas Macht auf der internationalen Bühne ist. Südkorea war nur ein kleines Puzzleteil in diesem großen Machtkampf. Es war kein Zufall, dass ich zu diesem Treffen nicht eingeladen wurde. Es war ein gut kalkuliertes Ergebnis, und die Botschaft war klar. Die Welt war immer noch eine Bühne für die Starken, und Korea erwies sich als machtlos, um im Zentrum dieser Bühne zu stehen.

Die Absichten der Mächtigen

Seine Rache war keine persönliche Sache mehr, sondern eine mächtige Waffe, die die politische Weltbühne erschüttern konnte. Jedes Mal, wenn er an diese Kraft dachte, klopfte sein Herz und er spürte die Süße der Macht in sich. Die Führer der Nationen berechneten, wie seine Rache ihren Ländern zugute kommen würde, und enthüllten ihre hässlichen Absichten.

Monolog des Präsidenten der Vereinigten Staaten

Der Präsident der Vereinigten Staaten schaute Yonghuan mit einem kalten Blick in den Augen an und dachte bei sich. "Wenn wir Yonghuan helfen können, sich zu rächen, werden wir in der Lage sein, Chinas Einfluss zu schwächen. Wir dürfen uns diese Gelegenheit nicht entgehen lassen, wir werden alles tun, was nötig ist, um die amerikanische Hegemonie aufrechtzuerhalten."

Der Monolog des chinesischen Kommentators

Der chinesische Präsident lächelte dezent und plauderte mit Yonghuan, aber in seinem Herzen dachte er an etwas anderes. Es könnte eine gute Gelegenheit sein, die Opposition in uns auszusortieren. Nach dem Gebrauch muss er jedoch entfernt werden.

Jede Bedrohung der Stabilität Chinas ist inakzeptabel. Schließlich ist alles für mich."

Monolog des Präsidenten Russlands

Der russische Präsident atmete Zigarettenrauch aus und beobachtete Yonghwan. "Ihm zu helfen, sich zu rächen, könnte eine großartige Gelegenheit für uns sein. Insbesondere wird sie dazu beitragen, ihren Einfluss in der internationalen Gemeinschaft zu stärken. Aber unser Bündnis mit ihm ist nur von kurzer Dauer, und am Ende haben wir uns unsere Ziele gesetzt."

Monolog des Präsidenten der Europäischen Union

Als der Präsident der Europäischen Union sein Gespräch mit Yong Huan fortsetzte, war er in seinem Herzen kalt berechnend. "Wenn wir die Rache des Kaisers unterstützen, wird Europa im Zentrum einer neuen wirtschaftlichen Revolution stehen. Es wird eine große Hilfe für uns sein. Aber wir müssen sicherstellen, dass er nicht außer Kontrolle gerät."

Monolog des japanischen Premierministers

Der japanische Premierminister nickte, als er Yonghuans Geschichte zuhörte, aber tief in seinem Inneren hatte er andere Gedanken. "Wenn wir sein Kapital in Zusammenarbeit mit Young-hwan einsetzen können, können wir in Asien wieder die Führung übernehmen. Aber Ihre Beziehung zu ihm muß auf gründlich kalkulierten Interessen beruhen, und Sie müssen jederzeit bereit sein, sie wegzuwerfen.«

Nach den Vorträgen

Nach dem Treffen mit den Staats- und Regierungschefs beider Länder verließ Young-hwan den Konferenzraum mit gemischten Gefühlen. Er erkannte deutlich, dass er in der Lage war, die Machtstrukturen auf der ganzen Welt zu erschüttern, nicht nur für persönliche Rachefeldzüge. Zur gleichen Zeit, als ich Zeuge der hässlichen Absichten der Führer wurde, wurde mir einmal mehr die Härte der Welt bewusst.

Erstens glauben die politischen Führer, dass sie ihrem Land wieder zu seinem Glanz verhelfen können, wenn sie ihr bei der Entführung helfen. Indem sie die Entführung anerkannten, flößten sie ihm auch die Schwäche der Unmoral und der Verletzung des Völkerrechts ein, in der Hoffnung, ihn jederzeit in der Zukunft zu entfernen und ihre Position und Macht weiter zu festigen.

Zweitens glaubt die chinesische Führung, dass sie diese Gelegenheit nutzen kann, um ihre eigenen Interessen durchzusetzen. Wenn sie sie nach China entführen würden, würden sie viel aus ihm herausholen, also wollten sie ihre Ziele erreichen. Er glaubte, dass er seine Macht verringern könnte, wenn er sie in seinem eigenen Land behielt.

Der Grund, warum politische Führer ihm bei seiner persönlichen Rache helfen, besteht darin, ihn zu kontrollieren und gleichzeitig Profit zu machen. Natürlich war sich Younghwan dessen nicht bewusst.

Er weiß schmerzlich, dass sich die Welt um erbliche Schuld, Unschuld und die Logik der Gewalt dreht. Jetzt wollte er diese Macht kraftvoller und effizienter nutzen. Ich wollte ihre Stärke und Macht zeigen.

Er war zu einem leuchtenden Stern auf der politischen Weltbühne geworden, aber Korruption atmete unter diesem Licht. Die Zeit der Rache rückte näher.

Eines Tages, als die Sonne unterging und ich über das dunkle Stadtzentrum blickte, stand ich am Fenster eines Penthouses in New York. Die Lichter der Stadt ließen sein Herz noch mehr brennen. Er ist bereit, alle Macht und Ressourcen zu mobilisieren, die er angehäuft hat. Es bleibt nur noch ein Schritt.

Ich öffnete die Fenster weit und nahm die Geräusche und Gerüche der Stadt auf, die vom Wind getragen wurden. Dann schrie er die Stadt laut an. Seine Stimme war stark und entschlossen. "Jetzt ist die Zeit gekommen, auf die ich gewartet habe!"

Sein Schrei war eine Erklärung der Entschlossenheit, Macht und Macht an die Welt. In diesem Moment stand er im Mittelpunkt der Welt. Der Schrei hallte durch die Straßen und Gebäude der Stadt. Dann flüsterte Younghwan vor sich hin. "All dies geschieht für ein einziges Ziel."

Er war bereit und wartete auf den Moment, um es in die Tat umzusetzen. Alles war perfekt vorbereitet. Jetzt hat er nur noch eines zu tun.

4
Einladung in den Abgrund

Ragam beruhigte sich, als er nicht von Younghwan angegriffen wurde. Sie und ihr Mann lernten sich in der italienischen Kleinstadt Positano kennen. Die Stadt war ein Touristenziel, das für seine wunderschöne Küste und seine bunten Dächer bekannt war. Sie war im Urlaub und machte einen Spaziergang am Strand. Dort traf ich einen großen, 190 cm großen, blonden blauäugigen Mann. Er war Frank.

Frank war ein deutscher Mann Anfang 30, der als Ingenieur für einen bekannten deutschen Automobilkonzern arbeitete. Er war leidenschaftlich bei seiner Arbeit und liebte es, zu reisen und die verschiedenen Kulturen der Welt zu erleben. Positano stand auch auf seiner Reiseliste.

Als sie am Strand Fotos machte, kam Frank auf sie zu und fragte: "Kann ich ein Foto für dich machen?" Sie nickte mit einem Lächeln und von diesem Moment an begann ihre Beziehung. Frank machte ein Foto von ihr, zeigte ihr dann das Foto und setzte das Gespräch natürlich fort.

Sie gingen durch die engen Gassen von Positano und sprachen über das Leben des anderen. Sie sagte, sie arbeite als Angestellte eines öffentlichen Unternehmens in Seoul und arbeite an Stadtentwicklungsprojekten. Frank war sehr an ihrer Geschichte interessiert und erzählte von seinen Erfahrungen als Ingenieur. Sie teilten die Leidenschaften und Träume des anderen und kamen sich immer näher. Danach tauschten sie und Frank Kontaktinformationen aus und blieben häufig in Kontakt. Sie trafen sich weiterhin in ihren jeweiligen Ländern. Frank führte uns in die schönen Schlösser und Bierfeste Deutschlands ein, während Ragami uns in die belebten Straßen und traditionellen Märkte von Seoul einführte. Sie verstanden die Kulturen und Lebensstile des anderen, und ihre Liebe zueinander wuchs.

Frank beschloss, Ragam einen Heiratsantrag zu machen. Er wollte ihr noch einmal einen besonderen Moment an dem Strand bereiten, an dem sie sich in Positano kennengelernt hatten. Frank lud sie nach Positano ein, und sie gingen wieder am Strand spazieren. In der wunderschönen Landschaft der untergehenden Sonne kniete Frank nieder und holte seinen Ring heraus. Mit Tränen in den Augen nahm sie seinen Vorschlag an. Sie umarmten sich und versprachen eine glückliche Zukunft. Ihre Hochzeit fand in einer kleinen Kirche in Positano statt, wo sich Familie und Freunde versammelten, um ihre Liebe zu segnen.

Nach ihrer Heirat ließen sie sich in Seoul nieder, unterstützten sich gegenseitig in ihren Träumen und wuchsen zusammen auf. Sie fühlte, dass der gegenwärtige Moment ihr größtes Glück ist, brachte eine schöne Tochter zur Welt und zog eine Familie voller Liebe und Vertrauen groß. Die kleinen Momente in meinem täglichen Leben waren voller Glück. Als sie an diesem Morgen in der Küche das Frühstück zubereitete, hörte sie das Lachen ihrer Tochter.

"Mama, heute gibt es in der Schule eine Präsentation über ein naturwissenschaftliches Projekt!", sagte ihre Tochter Eva aufgeregt, als sie am Küchentisch saß.

Ragam lächelte und drehte den Pfannkuchen um. "Wirklich? Dann müssen Sie hart gearbeitet haben, um sich vorzubereiten. Was ist das Thema?", antwortete sie zuversichtlich. "Sonnensystem! Unsere Gruppe hat auch ein Modell des Planeten erstellt. Du wirst es lieben."

Da kam ihr Mann Frank mit einer Tasse Kaffee herein. "Es riecht köstlich heute Morgen", sagte er, kam auf sie zu und küsste sie leicht auf die Stirn. "Eva, du wirst heute eine gute Präsentation halten. Papa glaubt."

Sie schaute sich in ihrer Familie um und fühlte ein warmes Gefühl des Glücks. "Heute Abend werde ich ein besonderes köstliches Abendessen zubereiten, um Evas Ankündigung zu feiern. Was willst du essen?"

Eva tat so, als sei sie beunruhigt und rief dann aus. "Spaghetti! Die Spaghetti meiner Mutter sind die besten!"

sagte Frank mit einem Lächeln. "Dann ist heute Abend eine Spaghetti-Party."

Sie frühstückten zusammen, lachten und unterhielten sich. Sie fühlte, dass die Liebe und das Glück ihrer Familie ihre wahre Stärke waren. Ragam sah Eva an, wie sie das Haus verließ, um zur Schule zu gehen, und sagte: "Eva, du machst einen guten Job, und du wirst mich anfeuern. Und hier ist die Halskette!"

Eva trug einen Anhänger mit einem Familienfoto um den Hals und antwortete energisch. "Ja, Mama! Ich komme wieder!"

Frank trat auf sie zu und nahm ihre Hand. "Hab einen schönen Tag, Schatz. Ich liebe dich."

Sie erwiderte und ergriff seine Hand. "Du auch. Ich liebe dich."

Sie wusste es nicht. Dass sich hinter dem Glück langsam ein dunkler Schatten einschleicht. Ohne sich der bangen Tage bewusst zu sein, die vor ihr lagen, setzte sie einfach ihr friedliches Leben mit ihrer geliebten Familie fort.

(Younghwans geheimes Laboratorium)

Younghwan lächelte vor seinem riesigen Monitor. In seinen Augen liegt eine abgründige Dunkelheit...Er wartete auf die glücklichste Zeit für Ragam. Es war sehr einfach für ihn, sie in den Abgrund zu bitten. Er hatte die Macht, das gesamte Netzwerk zu kontrollieren. Jetzt musste nur noch der letzte Schritt unternommen werden, um sie in sein Territorium einzuladen.

(Blinder Passagier nach China)

Eine Einladung in den Abgrund mit Hilfe von Macht könnte leicht über ihr Schicksal entscheiden. In seinem listigen Plan geriet sie in seinen Schatten und wurde in die Tiefen des Abgrunds geführt.

Yonghwan versuchte, sie nach China zu schmuggeln. Die Teleportation durch Portale war mit zu vielen Variablen und Risiken behaftet. Es war für niemanden außer ihm selbst schwierig, sich mit ihm zu bewegen.

Im geheimen Labor befanden sich auch Dr. Richards, ein Nobelpreisträger, Dr. Pieto, eine Autorität auf dem Gebiet der Quantenverschränkung, und James, ein junger und talentierter Physiker.

"Ist es noch weit davon entfernt, ein Portal zu entwickeln, das es anderen ermöglicht, sich zu bewegen?", fragte das Team.

Dr. Richard lächelte. "Younghwan, dein Tor ist großartig. Aber wir werden ein Problem lösen müssen, auf das es keine Antwort gibt."

Dr. James fügte hinzu. "Ja. Wir müssen nicht nach den richtigen Antworten suchen, wir müssen nach und nach vorgehen. Wenn sich unsere Theorien als falsch herausstellen, können wir Fortschritte machen."

Sein Team untersuchte die Quantenmechanik von Grund auf. Das erste Ziel war es, die Prinzipien der Quantenüberlagerung und der

Quantenverschränkung genau zu verstehen und experimentell zu revalidieren.

"Quantenüberlagerung bedeutet, dass ein Teilchen zwei Zustände gleichzeitig haben kann. Dies ermöglicht es uns, die Überschneidung der anderen Person zu spüren", erklärte Dr. Richards.

"Und mit der Quantenverschränkung können zwei Teilchen sofort interagieren, egal wie weit sie entfernt sind. Dies wird es uns ermöglichen, andere dorthin zu bringen, wo wir sie haben wollen", fügte James hinzu.

Die Forschung nach Portalen, um andere Menschen als den Uhrenträger zu bewegen, ging weiter. Das Experiment stieß jedoch immer noch auf viele Hindernisse. Insbesondere die Stabilität der Quantenverschränkung war ein großes Hindernis.

"Wir haben die bisher beste Theorie entwickelt, aber wir müssen zugeben, dass sie falsch ist. So gehen wir weiter", sagte Dr. Richard.

Dr. Pieto nickte zustimmend. "Das ist richtig. Wir sollten immer damit rechnen, dass wir uns irren. So lernt man neue Dinge."

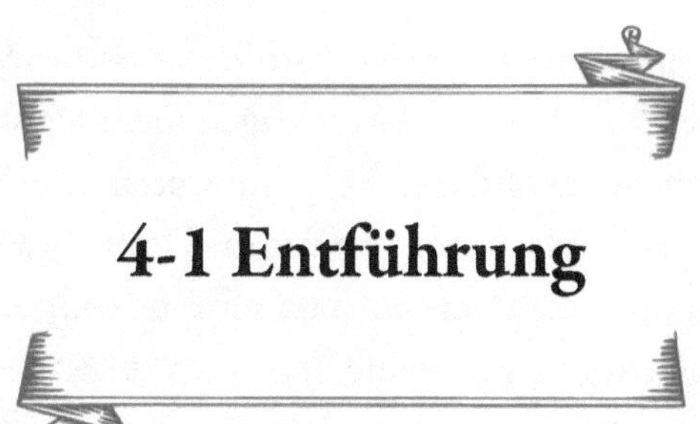

4-1 Entführung

Ein blinder Passagier nach China war eine einfachere und effektivere Möglichkeit, ein Projekt zu nutzen, das noch nicht entwickelt worden war. Ihre Verbindung zur schwarzen Gesellschaft Chinas zu nutzen, um sie zu entführen, war ein Kinderspiel. Ein blinder Passagier nach China passte auch gut zu ihr, um sich selbst zu verunsichern.

China war bereits eines der Länder voller seines Einflusses. Das liegt daran, dass er viel mit der Black Society zu tun hatte, einer Untergrundorganisation, die er in Südkorea gegründet hat. Sie tarnten sich als scheinbar gewöhnliche Unternehmen und Selbstständigkeit. Luxushotels in der Innenstadt, kleine Cafés in der Innenstadt und Geschäfte in den belebten Marktgassen waren die Schauplätze ihrer Aktivitäten. Sie verschleierten ihre wahre Identität, indem sie sich als streng legitime Unternehmen ausgaben. Es war eines der vielen kleinen Unternehmen, die die heimische Wirtschaft Südkoreas retteten, aber hinter all dem stand der Schatten einer riesigen kriminellen Organisation.

Die schwarze Gesellschaft ist so tief verborgen, dass die Polizei und die Staatsanwaltschaft Südkoreas das Problem nicht lösen können. Sie hielten strenge Geheimhaltung und umgingen das Gesetz. Ihr Einfluss war überall und beherrschte wichtige Punkte in der Republik Korea. Einige Polizisten und Staatsanwälte mit einem ausgeprägten Gerechtigkeitssinn spürten die wahre Identität der schwarzen Gesellschaft auf.

Die Starken brauchten die Sympathie der Schwachen nicht. Wie die Vorsehung der Natur sind die Mächtigen mehr als fähig, das System aus eigener Kraft zu zerstören. Für ihn waren die Schwachen nur Werkzeuge, um seine Macht zu bestätigen. Deshalb entschied er sich, sich nach China zu verstauen, anstatt eine unvollkommene Uhr zu verwenden. Seine ehrgeizigen Pläne begannen im Stillen.

Er schickte eine Einladung in den Abgrund. Es war einfach, sie über zahlreiche Überwachungsnetze in Südkorea zu beobachten.

Es war eine kalte Nacht, und jede Bewegung in ihrem Büro wurde beobachtet. Sie hatte die Angewohnheit, oft bis spät in die Nacht im Büro zu arbeiten, also blieb sie bis spät in die Nacht wach. Sie beendete an diesem Tag die Überstunden bei der Arbeit und ging mit ihrem erschöpften Körper von der Arbeit nach Hause. Auf den Straßen von Seoul erhellte nach Einbruch der Dunkelheit nur das Licht der Straßenlaternen schwach die Straßen. Die Uhr tickte bereits nach Mitternacht und Morgengrauen, und die Straßen waren still. Sie stapfte hinunter und fuhr in eine Gasse, die zur U-Bahn-Station führte. Mit manipulierten Ampeln und CCTV-Blackouts tauchte plötzlich ein schwarzer Lieferwagen aus dem Nichts auf und hielt vor ihr. Sie hielt einen Moment inne, setzte dann aber ihre Schritte fort, weil sie dachte, es wäre keine große Sache. In diesem Moment schwang die Tür des Wagens auf und eine Menge schwarz gekleideter Männer strömte heraus. Sie umringten sie schnell und enthüllten ihre unverhohlenen Absichten.

Es waren insgesamt fünf Männer. Einer packte sie grob am Arm, während die anderen beiden sie von beiden Seiten packten und bewegungsunfähig machten. Die anderen beiden waren in Alarmbereitschaft und hielten Ausschau nach möglichen Zeugen. Sie versuchte zu schreien, aber ein Mann hatte ihren Mund bereits schnell mit der Hand bedeckt.

"Sei still. Lasst uns nichts passieren, was wir nicht wollen", warnte einer der Entführer mit leiser Stimme. Die Entführer bewegten sich schnell. Sobald sie sie in den Van gezerrt hatten, fesselten sie ihre Hand- und Fußgelenke und knebelten ihren Mund. Sie kämpfte, aber sie konnte ihrer Kraft nicht widerstehen. Der Van ist innen dunkel und die Fenster sind mit schwarzen Vorhängen bedeckt. Sie spürte, wie das Auto wegfuhr und versuchte, das kurze Gespräch der Entführer zu hören, aber ihre Stimmen waren leise und sie konnte nicht hören, was sie sagten.

"Wir müssen uns nach Plan bewegen. Es sollte keine Fehler geben", sagte ein Mann zum anderen.

"Ich verstehe. Wir werden rechtzeitig dort sein", antwortete der andere Mann. Das Auto raste durch die belebten Gassen von Seoul und bog in eine immer dunklere Straße ein. Sie hatte keine Ahnung, wohin sie gebracht wurde, und sie war voller Angst.

Sie konnte keine Antwort auf ihre Fragen finden, und sie war von den Geräuschen und Bewegungen um sie herum mit Angst erfüllt, und sie wurde immer panischer.

"Wer bist du?", fragte sie mit ängstlicher Stimme.

"Es ist nicht wichtig, 'wer' für dich wichtig ist. Bleiben Sie ruhig. Wir fahren nach Busan."

Die Antworten der Entführer klangen kurz und stark. Mein Herz klopfte und ich konnte kaum atmen. In dem Auto, in dem sie zappelte, schickte Younghwan eine Einladung in eine Welt der Dimensionsverzerrung. Es muss sich für sie wie ein Traum angefühlt haben. Dies war jedoch Realität. Alles, was übrig blieb, war, auf sie zu warten.

Sie spürte, wie das Auto anhielt, und dann öffneten die Entführer die Tür und zogen sie heraus. Er versuchte sich zu wehren, aber sein gefesselter Körper bewegte sich nicht. Sie brachten mich an einen dunklen, lagerhausähnlichen Ort. Das Innere des Lagerhauses war kalt und feucht. An den Wänden blätterte alte Farbe ab, und der Boden war kalt und rau.

"Bleib eine Weile hier. Wir wollen nicht lange mit dir verbringen", sagte einer der Entführer. Sie versuchte, einen Weg zu finden, um zu entkommen, aber sie konnte nichts tun, da ihre Hände und Füße gefesselt waren. Sie war voller Verzweiflung, und die Dunkelheit vor ihr machte ihr noch mehr Angst. Er hoffte nur, dass es enden würde, dass ihn jemand retten würde.

Fragte Younghwan sie sanft. "Wie geht es dir?"

Ragham schwieg. Er versuchte zu sprechen, aber seine Kehle war so eng, dass er nicht einmal einen Ton von sich geben konnte. Tränen durchnässten ihr Gesicht, und sie klammerte sich an ihn.

"Bitte...Ich habe eine Familie und eine Tochter...Bitte senden...Ihre Stimme war voller Schreie und Tränen. Aber er ignorierte sie, legte Musik auf, umarmte sie und begann zu tanzen. Sie passte nicht und versuchte, sich zurückzuziehen, aber seine Kraft war zu stark, um an Ort und Stelle zu bleiben. Die Tränen hörten nicht auf und sie zwang sich zum Tanzen. Ihr Körper wehrte sich, aber er wurde von seiner Kraft angetrieben. Es war schmerzhaft, nur gewaltsam umarmt zu werden. Younghwan sah ihr in die Augen und lächelte. Er sagte: "Ich habe ein Geschenk für dich. Du wirst eine Menge Spaß haben."

Ragam hörte ihm zu, seine Tränen liefen über sein Gesicht und sein Körper zitterte. Sie stieß ihn aus seinen Armen, als könne sie es nicht mehr aushalten und hielt für einen Moment den Atem an. Ihre Knie zitterten vor Müdigkeit und sie lehnte sich an seine Arme. Nach einem Moment des Schweigens schloss Ragam die Augen und atmete tief durch. "Mr. Younghwan?", fragte er mit leiser Stimme.

Younghwan lächelte leise und streichelte ihren Kopf. "Ja, ich bin's", antwortete er.

In diesem Moment war Ragam fassungslos. "Younghwan?" Sie schrie und hielt sich die Augenklappe an die Augen. "Warum bist du hier? Was ist hier los?"

Younghwan nimmt ihre Augenklappe ab. "Überraschung!"

Ragam war von den Ereignissen der Vergangenheit zu Tränen gerührt. Er senkte den Kopf, kniete nieder und sackte unter dem geringsten Gewicht zusammen. Younghwan lächelte freundlich und klopfte ihr leicht auf die Schulter. "Hab keine Angst, wir fangen gerade erst an", flüsterte er ihr ins Ohr.

Das nächste, was sie wollte, war, die Struktur und Bewegung der Polizei und der Staatsanwaltschaft, die die öffentlichen Behörden sind, zu zerstören. Als ob ich mich darüber lustig machen wollte, wie ich mich mit den Worten "Ich werde die Polizei rufen" revanchiert hatte, sagte ich ihr, sie solle es melden, um sie frustriert zu machen. Er warf mir ein Handy zu, das ich nicht verfolgen konnte, und sagte: "Rufen Sie die Polizei. Wenn du gehen willst, geh." Besagte.

Mit klopfendem Herzen schnappte sie sich ihr Handy und rief die Polizeistation an. Ihre Finger zitterten, aber sie stählte sich und drückte den Rufknopf. Ein paar Sekunden später ging ein Polizeiinspektor der Polizeistation Busan ans Telefon.

"Das ist die Polizeistation von Busan. Was kann ich für Sie tun?"

"Ich...Ich wurde entführt", sagte sie schnell und atmete schwer. "Hilfe!"

Es herrschte einige Sekunden Stille, gefolgt von der ruhigen Stimme des Inspektors. "Kannst du mir genau sagen, wo es ist?"

"Ich weiß nicht genau, wo, ich war in einem Lagerhaus in Busan gefangen", sagte sie und schluckte die Tränen herunter.

Der Inspektor reagierte schnell. "Wirst du in der Lage sein, an einen sicheren Ort zu ziehen? Wir werden sie so schnell wie möglich ausfindig machen und ihnen sofort Unterstützung schicken."

Der Inspektor versuchte, sie zu beruhigen. "Legen Sie in der Zwischenzeit Ihr Telefon nicht auf und bleiben Sie so weit wie möglich an einem sicheren Ort. Bitte stellen Sie sicher, dass wir genau wissen, wo Sie sich befinden, wenn wir uns nähern."

Younghwans starke Hand griff nach ihrem Handy.

»Warum nimmst du es?« rief sie mit verwirrter Stimme.

Younghwan blickte mit einem leisen, unheimlichen Lächeln auf sie herab.

"Die Polizei kommt bald", sagte er leise und steckte das verschlüsselte Handy in seine Tasche. "Aber das ist kein Ort für dich."

Als das Lagezentrum der Polizeistation von Busan bestätigte, dass das von ihr gemeldete Mobiltelefon nicht auffindbar war, gab es einen stadtweiten Notfallalarm aus und leitete eine Rettungsaktion für Ragam ein. Dann war er bereit, zu einem der verdächtigen Gebäude zu gehen.

"Seid ihr alle bereit?", fragte der Polizeichef über Funk.

"Gut", antwortete das Team.

Die Straßen waren nach Einbruch der Dunkelheit still, aber es herrschte eine Atmosphäre der Dringlichkeit mit dem Klang der Sirenen der Polizeiautos. Die Polizeiautos fuhren schnell in einer Reihe. Kurz vor der Ankunft am Zielgebäude stiegen die Polizisten aus ihren Autos und begannen, sich auf das Betreten vorzubereiten, wobei sie die Umgebung genau im Auge behielten.

"Ankunft des Zielgebäudes. Alle sind auf den Beinen!", befahl der Teamleiter.

Die Polizei umstellte schnell das Gebäude und sicherte den Zugang. Das Zielgebäude sah von außen gewöhnlich aus, aber im Inneren gab es Informationen, dass es sich um das Versteck der Entführer handelte. Die Polizei näherte sich vorsichtig dem Gebäude. Langsam näherten sie sich dem Gebäude und deckten sich gegenseitig von ihren jeweiligen Positionen aus.

"Team 1, betreten Sie den Norden. Team 2, betreten Sie den Süden. Team 3, warten Sie nach Osten", befahl der Teamleiter ruhig.

Die Polizisten nahmen ihre Stellungen gemäß dem Befehl ein und machten sich zum Eintreten bereit. Drinnen war es dunkel und trostlos. Die Beamten schalteten ihre Taschenlampen ein und gingen vorsichtig vor, um das Innere zu beleuchten.

"Räumen Sie den zweiten Stock", meldete ein Polizist über Funk.

"Räumen Sie den dritten Stock", antwortete ein anderer Polizist.

Plötzlich gingen sie in den Untergrund. Die Black Society hatte jedoch bereits ihren Ansatz bemerkt und bereitete sich darauf vor. Sobald die Polizei den Keller betrat, ertönten Schüsse in der Dunkelheit. "Es ist eine Schießerei! Alle sind gedeckt!", rief Inspektor Kim. Die Beamten gingen schnell in Deckung und eröffneten daraufhin das Feuer. Die Mitglieder der Black Society waren jedoch viel mächtiger, weil sie mit AK74 bewaffnet waren. Kugeln regneten herab, und der Keller verwandelte sich in einen Schauplatz erbärmlicher Zerstörung. "Rufen Sie nach Unterstützung! Jetzt!« Inspektor Kim nahm hastig sein Walkie-Talkie. "Hauptquartier, Hauptquartier, das ist die Polizei von Busan. Es ist ein Notfall. Ich bin in einer Schießerei mit der Black Society. Ich brauche sofortige Unterstützung! Wiederholen. Wir brauchen sofortige Unterstützung!"

Das Hauptquartier erkannte den Ernst der Lage und ergriff sofort Maßnahmen. "Verstanden, Inspektor Kim. Kommandos, die 68. Division und Spezialeinheiten werden dringend entsandt. Aber die Black Society, die mit dem Widerstand der Polizei rechnete, drängte härter. Die Polizei wurde zurückgedrängt und verlor ihren Willen. Die Feuerkraft des Feindes war so stark, dass er zum Rückzug gezwungen war. "Zieht euch zurück, alle! Beeilen Sie sich!« rief Inspektor Kim. Die Beamten flohen aus dem Gebäude, um den Verwundeten zu helfen. Ich ging nach draußen und funkte das Hauptquartier an. "Hauptquartier, das ist Inspektor Kim. Wir wurden besiegt. Die Entführer sind zu stark. Schnelle Unterstützung ist gefragt. Es ist unklar, ob sie hier eingesperrt ist, aber es wird angenommen, dass es sich um eine Hochburg der Black Society handelt!"

Die Polizei schien vor einer Mauer der Macht zu stehen, die sie nicht erreichen konnte. Die Polizei wurde sofort zu ihrem Bericht geschickt. Ich konnte meine Hände nicht benutzen. Die schwarze Gesellschaft und die dunklen Mächte haben die Bewegung der Polizei leicht gefesselt. Er hat die Republik Korea seit langem zu seiner Macht gemacht. Sein Netzwerk war überall.

Im Hauptquartier standen Kommandos, die 68. Division und Spezialeinheiten bereits einsatzbereit. "Inspektor Kim, die Unterstützung wird bald eintreffen. Bleiben Sie dran. Los geht's."

Die Kommandos, die 68. Division und die Spezialeinheiten sowie die gepanzerten Fahrzeuge begaben sich schnell zum Tatort. Die Nacht in der Stadt war wieder voller Spannungen. Eine gemeinsame Operation zwischen den Polizeikommandos und dem Militär begann. Die hellen Lichter von Haeundae beleuchteten immer noch das Meer, und Touristen sonnten sich im Trubel der Straßen. Aber hinter der Gelassenheit gab es Spannungen. Jedes Team durchsuchte sein Territorium gründlich und identifizierte die Stützpunkte der Black Society nacheinander.

Als die Kommandos in das Zentrum von Busan eindrangen, führten sie ihre Operationen mit einem hohen Maß an Spannung durch. Sie bewegten sich vorsichtig durch die rauen Gassen und eliminierten alle Feinde auf ihrem Weg. Die Schwarze Gesellschaft wurde angesichts der überwältigenden Macht der Kommandos allmählich beiseite gedrängt.

Überall waren Schüsse und Explosionen zu hören. Rauch stieg aus den Gebäuden auf, und die Bürger gerieten in Panik und flohen in die U-Bahn. Die Kommandos drangen schnell in das Gebäude ein und unterwarfen die Mitglieder der Black Society. Währenddessen besetzten Truppen und Spezialeinheiten der 68. Division wichtige Festungen und schnitten die Fluchtwege der Black Society ab.

Die Black Society begann sich zurückzuziehen. Sie ließen die nächtlichen Straßen von Busan hinter sich und flohen einer nach dem anderen in den Hafen von Busan, einen versteckten Fluchtweg. Es war mit Warnblinkern und Sirenen gefüllt. Es wurde eine Notverordnung erlassen. Als die Nachricht eintraf, dass es sich bei dem Ort, an dem sie entführt wurde, um ein Lagerhaus in der Nähe des Hafens von

Busan handelte, erhielten die Kommandos und Spezialeinheiten den Befehl, sofort von Seomyeon zum Hafen von Busan zu entsenden. Lastwagen mit schwarzen Retonas und Kommandos, die durch die Stadt galoppierten, bewegten sich in Reih und Glied. Ihre Scheinwerfer blitzten durch die Dunkelheit, und jedes Auto auf der Straße wich aus und öffnete ihre Durchfahrten. Im Inneren des Fahrzeugs führten die Kommandos die letzten Ausrüstungsprüfungen durch. Sie sahen sich entschlossen an, während sie die Ladung ihrer M16-Gewehre überprüften.

"Alle sind fokussiert, das Ziel ist das Lager im Hafen von Busan. Wir müssen sie retten", befahl Oberstleutnant Lee, Kommandeur des Kommandos, über Funk. Seine Stimme war fest und kalt.

Währenddessen bereiteten sich die Spezialeinheiten darauf vor, aus der Luft mit Hubschraubern zu unterstützen. Die Rotoren des Hubschraubers drehten sich und erzeugten einen starken Wind, und die Mitglieder der Special Forces griffen nach dem Seil und kletterten schnell in den Hubschrauber. Ihre schwarzen Uniformen verschmolzen mit dem Nachthimmel. "Der Hubschrauber fliegt direkt zum Hafen von Busan. Sobald wir das Ziel bestätigt haben, steigen wir ab", gab der Kommandeur der Spezialeinheiten, Oberst Park, den Befehl. Der Hubschrauber brauste in den Himmel und nahm Kurs auf den Hafen von Busan.

Im Hafen von Busan angekommen, errichteten die Bodentruppen schnell eine Einkreisung. Die Retonas stellten sich auf, um Deckung zu bieten, und die Soldaten bildeten schnell ihre Formationen, als sie aus ihren Militärlastwagen stiegen. Sie trugen NVGs (Nachtsichtbrillen) und beobachteten die Bewegungen im Lagerhaus genau.

"Macht euch bereit, alle", gab Oberstleutnant Lee, Kommandokommandeur, per Funk Anweisungen. "Beeilen Sie sich."

Die Kommandos näherten sich schnell dem Lagerhaus. Ein Sprengstoffexperte übernahm die Führung und platzierte Sprengstoff an der Tür. Nach einem kurzen Moment der Stille ertönte eine

Explosion. Sobald sich die Tür öffnete, stürmten die Kommandos unisono in das Lagerhaus. Ihre Bewegungen waren präzise und schnell, und sie hielten ihre Positionen. Mitglieder der Black Society versuchten, sich zu wehren, aber sie waren hilflos angesichts der überwältigenden Feuerkraft und der disziplinierten Taktik der Kommandos und Spezialeinheiten.

Als der Hubschrauber über dem Lagerhaus landete, stiegen die Männer der Special Forces schnell auf das Seil herab. Sie eilten in das Lagerhaus und schlossen sich den Kommandos an. "Feuer eröffnen!", rief einer der Operatoren. Kommandos und Spezialeinheiten sowie die 68. Division überfielen das Lagerhaus, aber nur ein Teil der Black Society konnte es eliminieren, und sie war nicht da. Als sie es herausfanden, war Verwirrung auf allen Gesichtern. Kurz darauf erhielt man die Information, dass sie in einem der Schiffe im Hafen von Busan gefangen war. Alle Einheiten erhielten sofort einen neuen Auftrag.

"Zieh dich zurück! Das Ziel ist ein Schiff in einem nahe gelegenen Hafen!", ertönte die Stimme des Oberstleutnants.

Die Nachricht schien eine Bombe auf die juristischen und politischen Kreise des Landes geworfen zu haben.

Als ihre Entführung bekannt wurde, machten alle Medien des Landes auf einmal Schlagzeilen. Auf den Titelseiten von Zeitungen, Fernsehnachrichten und Schlagzeilen auf Online-Portalen war die Nachricht von ihrer Entführung zu lesen. Die Menschen waren empört und es wurden Mahnwachen bei Kerzenlicht auf den Straßen abgehalten, um sie zu finden. Hunderte von Menschen versammelten sich, um für ihre sichere Rückkehr zu beten.

"Ein bekannter TV-Moderator starrt in die Kamera und sagt: ' Soweit bekannt, wird angenommen, dass Herr Ragam entführt wurde, als er die Arbeit verließ. Die Polizei hat sofort eine Untersuchung eingeleitet und arbeitet hart daran, herauszufinden, was passiert ist."

"Es sind die 9-Uhr-Nachrichten von KBC. Meine Damen und Herren, heute wurde eine Frau in ihren 20ern mitten in der Nacht in Seoul von einer schwarzen Gesellschaftsorganisation in China entführt, nicht in Südkorea. Es ist sehr wahrscheinlich, dass es zu einem internationalen Problem wird."

Während der Fall im Inland heiß diskutiert wurde, schwiegen die Weltmedien, als wäre nichts geschehen. Große internationale Nachrichtensender wie CNN, BBC und Al Jazeera berichteten isoliert über ihre Entführung, ohne eingehende Analyse oder Folgeberichterstattung. Sie zeigten wenig Interesse daran, wie sich der Vorfall auf die internationale Gemeinschaft auswirken würde. Auch der UN-Sicherheitsrat und die Friedensgremien haben geschwiegen. Sie betrachteten den Vorfall nur als eine lokale Angelegenheit und entschieden sich, nicht einzugreifen. Es herrschte nur kaltes Schweigen, und es wurde keine Resolution angenommen.

Der Präsident des UN-Sicherheitsrates sagte leise: "Dies ist eine innere Angelegenheit der Republik Korea, und wir glauben, dass es richtig ist, von einer direkten Intervention der internationalen Gemeinschaft abzusehen."

Die Medien und die Bürger in Südkorea waren empört, aber ihre Stimmen überquerten die Grenze nicht. Die Dinge liefen nach seinem Plan. Er wusste, wie schwach Südkoreas Macht auf der Weltbühne war, und er nutzte sie, um sein eigenes Spiel zu spielen. Jetzt konnte nur noch die Macht der Republik Korea selbst sie retten. Inmitten der Gleichgültigkeit der internationalen Gemeinschaft musste Südkorea diese Herausforderung meistern. Niemand in der Republik Korea war sich sicher, ob dies Teil eines internationalen politischen Tricks oder ein Ausdruck persönlicher Rache war.

DIE NACHT IN BUSAN war schwarz gefärbt. Die Lichter der Stadt funkelten über dem Meer, und ein gespannter Wind fegte über das kalte Meer. Südkoreanische Polizisten und Soldaten versammelten sich am Hafen. Im Hafen eilten Kriegsschiffe und Polizeiboote an. Die Soldaten waren in Schutzwesten gekleidet, bewaffnet und warteten auf Befehle. Die Polizeikommandos erhielten auch Befehle und führten die letzten Kontrollen für die Geiselbefreiung durch.

»Wir müssen sie retten. Aber vergessen Sie nicht, dass wir einen offenen Krieg mit der Black Society vermeiden müssen", befahl der Operationskommandeur scharf. In seiner Stimme lag eine Mischung aus Dringlichkeit und Entschlossenheit.

Im Hafen angekommen, versammelten sich die Kommandos und Spezialeinheiten sowie die Soldaten der 68. Division sofort vor dem Meer, um das Boot zu besteigen. Die kalte Luft des nächtlichen Meeres streifte ihre Gesichter, aber sie starrten ihr Ziel mit unerschütterlichen Augen an. Schiffe unterschiedlicher Größe lagen am Dock.

"Identifizieren Sie Ihr Ziel", befahl Colonel Park über Funk. "Jedes Team durchsucht das ihm zugewiesene Schiff."

Militärhubschrauber kreisten über dem Meer, ihre hellen Suchscheinwerfer beleuchteten jedes Schiff in der Dunkelheit. Auch die Hochgeschwindigkeitsboote der Küstenwache teilten das Meer, und die Mitglieder der Spezialeinheiten fuhren in Hochgeschwindigkeitsbooten aufs Meer hinaus. Ihre schwarzen Uniformen waren klatschnass, aber das war ihnen egal.

"Das ist das Schiff", meldete einer der Operatoren über Funk. "Das Ziel ist da."

Chinesische Schiffe waren in höchster Alarmbereitschaft. Ihre Kämpfer behielten die Bewegungen des Feindes im Auge und beobachteten die Spannungen genau. Sie war auf einem der verschiedenen Schiffe gefangen, und die Operation zu ihrer Rettung war voller Gefahren.

"Commander, die Situation ist schwierig. Es bedarf eines ausgeklügelten Plans, um sie zu retten und gleichzeitig einen offenen Krieg mit der Black Society zu vermeiden", sagte ein Kommando.

"Ich weiß", antwortete der Kommandant bestimmt.

Als die Operation begann, erreichten die Spannungen in den Gewässern vor Busan einen Höhepunkt. In der Ferne waren die Motoren von Kriegsschiffen zu hören, und Boote bewegten sich lautlos durch die Dunkelheit. Ihr Ziel war es, sich dem chinesischen Schiff zu nähern und es zu retten.

"Alles ist bereit. Jetzt fangen wir an", befahl der Kommandant, und die Kriegsschiffe und Boote bewegten sich im Gleichklang. Sie näherten sich dem Schiff, in dem es gefangen war, und handelten schnell, indem sie so wenig Lärm wie möglich machten.

"Unser Ziel ist es, sie zu retten. Bewegen Sie sich so schnell und leise wie möglich", gab der Leiter des Polizeikommandos den letzten Befehl.

Währenddessen bewaffneten sich Mitglieder der Black Society im Inneren des chinesischen Schiffes und erhöhten ihre Wachsamkeit. Sie spürten Südkoreas Bewegungen und waren jederzeit zum Angriff bereit.

"Der Feind hat uns gefunden. Wir müssen schnell vorankommen!", rief ein Kommando, und das Team bewegte sich im Gleichklang. Die Zeit wurde knapp.

Gerade als die Flotte und die Boote der Republik Korea ihre Positionen beenden und auf die Schiffe klettern wollten, tauchten plötzlich U-Boote und Kampfjets der chinesischen Regierung um sie herum auf. Chinas Luftwaffe und Marine haben den Luftraum und die Hoheitsgewässer der Republik Korea verletzt und die Situation an den Rand einer drohenden Krise gebracht. Als der riesige schwarze Rumpf des U-Bootes schwamm, wurden die Gesichter der Soldaten der Spezialeinheiten weiß. In der Luft verletzten chinesische Kampfflugzeuge den südkoreanischen Luftraum und zogen bedrohliche Kreise über dem Hafen von Busan. Der gewaltige Lärm der Rotation und des Fluges der Jäger machte ihre Absichten deutlich. Das Auftauchen Chinas und die Machtdemonstration brachten sie in Verlegenheit.

"Chinesische U-Boote haben unsere Hoheitsgewässer verletzt! Ihre Flugzeuge der Luftwaffe durchqueren auch unseren Luftraum", berichtete ein Geheimdienstoffizier hastig.

"Unterbrechen Sie die Operation und behalten Sie die Situation im Auge", befahl der Kommandeur. In seiner Stimme lag eine tiefe Angst und Dringlichkeit. "Jede Aktion ist verboten, bis sie vom Präsidenten angeordnet wird."

Die Kommandozentrale im Hafen von Pusan war voller Verwirrung und Dringlichkeit. Hochrangige Militär- und Polizeibeamte diskutierten hastig Gegenmaßnahmen und warteten auf die Entscheidung des Präsidenten. Wenn die Operation fortgesetzt wird, könnte ein offener Krieg mit China unvermeidlich sein.

"Commander, Chinas Schritt ist ungewöhnlich. Es besteht die Möglichkeit, dass ihr Militär uns überwältigen könnte", sagte einer der Berater.

"Ich weiß. Wir können nichts tun, bis der Präsident es uns befiehlt", antwortete der Kommandant und versuchte, seine Frustration zu verbergen.

Damals fand eine Dringlichkeitssitzung im Blauen Haus in Seoul statt. Der Präsident und seine Berater hatten Mühe, eine bewusste Entscheidung zu treffen, als sie den Ernst der Lage diskutierten.

"Wir müssen einen offenen Krieg mit China vermeiden. Aber wir können nicht aufgeben, sie zu retten", sagte der Präsident. Müdigkeit und Sorge waren auf seinem Gesicht zu sehen.

"Herr Präsident, wir haben nicht viel Zeit. Chinas Militärmacht übt weiterhin Druck auf uns aus. Wir müssen eine schnelle Entscheidung treffen", sagte der Verteidigungsminister. In den Gewässern vor Busan herrschte ein Gefühl der Spannung, als ob die Zeit stehen geblieben wäre. Die Polizei und die Soldaten warteten auf Befehle ihrer Kommandeure, die jeden Moment bereit waren, die Operationen wieder aufzunehmen. Ihre Augen waren jedoch auf das Meer und in die Luft gerichtet. Chinas militärische Macht war zu bedrohlich, und ein Zusammenstoß mit ihnen rückte näher, als er unvermeidlich war.

Auch die öffentliche Meinung änderte sich schnell. Fernsehen, Internetnachrichten und Zeitungsschlagzeilen trugen alle das Wort "nuklear bewaffnet". Die Öffentlichkeit glaubte, dass Chinas Machtdemonstration und die Entführung von Ragam die nationale Sicherheit gefährdet hätten.

Auf den Straßen protestierten Bürger, die Plakate mit der Aufschrift "Für Atomwaffen" hielten, und Hashtags wie "#atomare Waffen" und "#eine selbständige Verteidigung" wurden endlos in den sozialen Medien gepostet. Meinungsumfragen zeigen, dass der Prozentsatz der Bevölkerung, der sich für die nukleare Aufrüstung ausspricht, 98 Prozent überschritten hat. Die Menschen erhoben oft ihre Stimme für die Notwendigkeit, die Verteidigungsfähigkeiten des Landes zu stärken, und forderten die Regierung auf, eine Entscheidung zu treffen. Auf einer großen Leinwand vor dem Regierungsgebäude wurden die Verhandlungen zwischen der südkoreanischen und der chinesischen Regierung live übertragen. Die Leute schauten mit angehaltenem Atem zu. Die Gesichter der südkoreanischen und chinesischen Delegationen, die am Verhandlungstisch saßen, waren voller Spannung.

"Wir müssen unser Volk schützen", sagte der Chefunterhändler der südkoreanischen Delegation mit Nachdruck. "Chinas Machtdemonstration ist eine klare Verletzung der Souveränität. Wir brauchen eine klare Entschuldigung und eine Verpflichtung, eine Wiederholung zu verhindern."

Der Leiter der chinesischen Delegation antwortete mit einem sarkastischen Lächeln. "Wir verteidigen nur unsere Interessen. Wenn Südkorea das nicht versteht, werden die Verhandlungen schwierig."

Die Menschen fühlten Wut und Angst, als sie die Szene sahen. Obwohl sie befürchteten, dass die Verhandlungen scheitern würden, sah man sie mit gefalteten Händen beten. Ihre Augen füllten sich mit verzweifelter Hoffnung und Angst.

Währenddessen stand Kim, der die Verhandlungen mit seinen Freunden verfolgt hatte, in einem Café in Seoul auf und sagte: "Jetzt müssen wir Atomwaffen haben, damit das nicht wieder passiert", sagte er und nickte seinen Freunden zustimmend zu. Auf dem Platz vor der Nationalversammlung versammelten sich die Bürger und starrten auf die große Leinwand. Sie hofften, dass die Regierung eine harte Haltung einnehmen würde. »Nicht mehr herumgeschleift werden!« rief ein Mann mittleren Alters. Seine Stimme schien zu den Herzen der auf dem Platz Versammelten zu sprechen. Ihre Augen waren ausschließlich auf den Verhandlungstisch gerichtet, und jeder wusste, dass es unabhängig vom Ergebnis ein entscheidender Moment sein würde, der über die Zukunft der Republik Korea entscheiden würde.

Es herrschte eine bedrohliche Stille am Strand vor der Küste von Busan. In der äußersten Anspannung, wie die Ruhe vor einem Sturm, schlugen die Wellen des Meeres an die Küste und schäumten weiß, wie das Brüllen von Tausenden von Pferden, die galoppieren. Die Spannung floss wie ein elektrischer Strom in der Luft. Soldaten und Polizisten hielten ihre Gewehre in den Händen, ihre Gesichter waren steif und der Schweiß perlte auf ihren Stirnen. Sie beobachteten den Ausgang der Verhandlungen, und die Kommandeure und Stabschefs warteten gespannt auf den Befehl des Präsidenten.

"Ein totaler Krieg mit China ist unvermeidlich. Ihre militärische Stärke übertrifft unsere Erwartungen bei weitem", berichtete ein Geheimdienstoffizier. "Die Entscheidung des Präsidenten ist notwendig", sagte der Kommandant mit einem tiefen Seufzer.

Im Blauen Haus in Seoul fand eine Dringlichkeitssitzung statt. Der Präsident und seine Berater hatten Mühe, eine bewusste Entscheidung zu treffen, als sie den Ernst der Lage diskutierten. Die Zeit verging wie im Flug.

"Wir müssen einen offenen Krieg mit China vermeiden. Aber was sollen wir tun, wenn wir Ragamyi nicht retten können?", fragte der inkompetente Verteidigungsminister.

"Wir müssen die Diplomatie nutzen, um die Bedingungen der Verständigung mit China zu lösen. Das ist der einzige Weg, um einen totalen Krieg zu vermeiden", sagte der Präsident bestimmt.

"Aber, Herr Präsident, wenn das passiert, werden wir keine andere Wahl haben, als zuzusehen, wie sie nach China entführt wird", sagte ein Berater vorsichtig.

"Wir müssen eine diplomatische Lösung finden. Wir müssen die Bedingungen der Verständigung mit China lösen und das Problem durch Verhandlungen lösen", entschied der Präsident. Diese übergab er dann dem Leiter der südkoreanischen Delegation am Verhandlungstisch.

Am Ende stand Südkorea an einem Scheideweg einer entscheidenden Entscheidung, um einen offenen Krieg mit China zu vermeiden, das über 800 Atomwaffen verfügt. Die Regierung konnte sie nicht retten, da sie einen offenen Krieg mit China riskierte, so dass sie schließlich beschloss, zu einem späteren Zeitpunkt eine diplomatische Lösung zu finden.

Als die Sonne aufging, färbte eine rote Morgendämmerung die Skyline von Seoul. Damit begann die Nationalversammlung der Republik Korea ihre angespannte Vormittagssitzung. Das Parlamentsgebäude stand fest unter dem langsam heller werdenden Himmel, und die ersten Sonnenstrahlen durch die großen Fenster des Konferenzsaals erhellten den Konferenzsaal noch heller. Die Ratsmitglieder setzten sich früh hin, studierten die Gesichter der anderen und tauschten Blicke aus. Es gab keine einzige Person, die die Bedeutung dieses Treffens nicht kannte. Die Konfrontation zwischen der Linken und der Rechten über die endgültige Entscheidung des Präsidenten über ihre Rettungsaktion war intensiver denn je.

"Wir können jetzt keinen totalen Krieg mit China führen!", sagte Kim Sang-hoon, ein linker Abgeordneter. Seine Stimme hallte durch das Mikrofon und der Raum wurde für einen Moment still. "Dies ist eine rücksichtslose Tat, die unsere gesamte Bevölkerung gefährden könnte. Wir müssen eine diplomatische Lösung finden."

Der rechte Abgeordnete Park Jae-hoon reagierte sofort. "Kongressabgeordneter Kim, hören Sie auf, Unsinn zu reden. Sogar in diesem Moment wird unser Volk nach China entführt! Wenn wir nicht aufstehen, werden sie uns weiterhin ignorieren. Wir müssen durch militärische Operationen entschlossen reagieren!"

Der Saal wurde lauter und lauter. Parlamentsabgeordnete mit unterschiedlichen Ideologien vertraten nachdrücklich ihre jeweiligen Positionen und erhoben ihre Stimme. "Militäroperationen sind nicht die Antwort!" "Eine diplomatische Lösung dauert zu lange!" "Wir müssen die Sicherheit unseres Volkes an erste Stelle setzen!" "Wir können China nicht nachgeben!"

Die Mitglieder des Kongresses auf der linken und rechten Seite hielten immer noch an ihren Ansichten fest und versuchten, sich gegenseitig zu überzeugen, aber sie waren gezwungen, einer Art Kompromiss zuzustimmen, der auf die Entscheidung des Präsidenten folgte. Nach dem Treffen ging Park Jae-hoon zu Kim Sang-hoon, um mit ihm zu sprechen. "Kongressabgeordneter Kim, wir dürfen nicht vergessen, dass wir auf unterschiedlichen Positionen stehen, aber am Ende des Tages haben wir das gleiche Ziel. Der Schutz unserer Mitarbeiter hat für uns oberste Priorität."

Kim antwortete mit einem Nicken. "Das ist richtig, Senator Park. Wir haben das gleiche Ziel. Ich denke, wir müssen mehr darüber sprechen, wie wir zusammenarbeiten werden."

Inmitten dieser angespannten Situation schienen Menschen mit unterschiedlichen Ansichten an der Oberfläche zusammenzuarbeiten, aber es waren faule Politiker, die politisch Stimmen für das Leben einer Frau zählten. Sie nutzten die Situation, um die Abstimmung zu ihren Gunsten zu wenden.

Die Tische, Stühle und sogar die Gestaltung der Wände im Konferenzraum des Präsidenten, in dem sich sowohl die Linke als auch die Rechte versammelten, glänzten, aber die Gesichtsausdrücke der darin versammelten Menschen waren dunkel und berechnend. Minister und Politiker um den großen Tisch schienen darüber zu diskutieren, wie sie ihr Leben am besten retten könnten, aber sie hatten alle unterschiedliche Absichten.

"Wir müssen das Leben unseres Volkes an die erste Stelle setzen", sagte der Außenminister mit einer etwas theatralischen Geste. Aber sein Blick war mehr als alles andere darauf gerichtet, die Stimmen zu berechnen, die die Regierungspartei bei den nächsten Wahlen gewinnen könnte.

"Wir müssen unsere diplomatischen Beziehungen zu China berücksichtigen. Übermäßige Maßnahmen könnten ein tödlicher Schlag für unsere Wirtschaft sein", fügte der Finanzminister hinzu. Seine Stimme war kalt, aber tief in seinem Inneren dachte er insgeheim darüber nach, wie viel Geld er noch von chinesischen Unternehmen zurückbekommen könnte.

Die Luft im Konferenzraum war schwer und stickig. Jedes Mal, wenn jemand die Hand hob, um zu sprechen, fühlte er sich wie

Schauspieler auf der Bühne. Der Präsident war sich all dessen bewusst. Was hier entschieden wird, bestimmt nicht nur das Leben eines Menschen, sondern auch das politische Schicksal der Zukunft. Jedes Gespräch und jede Handlung war wie ein ausgeklügeltes Theaterstück. Getreu ihrer jeweiligen Rolle spielten sie ein politisches Spiel mit ihrem Leben als Sicherheit.

Außerhalb des Konferenzraums übertrug eine große Anzahl von Reportern die Situation in Echtzeit, und die Öffentlichkeit verfolgte den gesamten Vorgang im Fernsehen und im Internet. Für sie mag dieses Treffen wie eine dringende Zusammenarbeit erscheinen, um sie zu retten, aber in Wirklichkeit war es ein hässlicher Kampf, in dem verschiedene politische Berechnungen und Interessen miteinander verflochten waren. Nach dem Treffen, als Reporter begannen, Fragen zu stellen, verließ das Schiff mit ihr den Hafen von Busan. Die Eilmeldungen kamen in Echtzeit.

"Wie laufen die diplomatischen Verhandlungen mit China?"

"Ist Mr. Ragams Sicherheit garantiert?"

"Glauben Sie, dass die Reaktion der südkoreanischen Regierung die richtige ist?"

Reporter beider Sender griffen zu den Mikrofonen und bombardierten hochrangige Beamte mit Fragen. Aber ihre Antworten waren nur oberflächliche Worte.

"Die Regierung versucht derzeit, die Situation so gut wie möglich zu lösen. Machen Sie sich keine Sorgen, meine Mitbürger, vertrauen Sie uns", sagte der Sprecher des Außenministeriums wiederholt und versuchte, die Spannungen zu verbergen.

Währenddessen überquerte das Schiff mit ihr die Südsee unter schwerer Eskorte chinesischer Kampfflugzeuge, Kriegsschiffe und U-Boote. Kampfflugzeuge bewachten den Himmel in höchster Alarmbereitschaft, und Kriegsschiffe bewegten sich auf beiden Seiten des Schiffes. Unter der Oberfläche segelten unsichtbare U-Boote lautlos in der Dunkelheit und behielten jede Situation genau im Auge.

Es herrschte Spannung im Boot. Die chinesischen Soldaten und die Black Society hielten ihre Stellungen in perfekt ausgebildeten Positionen, und der Wind blies das Deck. Alles war atemlos still, aber das Geräusch des Schiffsmotors und das Rauschen der Wellen waren seltsam miteinander verbunden.

Ihr Abschied wurde in Echtzeit auf einem Fernsehbildschirm übertragen. Als die Menschen das Schiff nach China segeln sahen, fühlten sie eine Vielzahl von Emotionen. Wut, Angst, Angst und hilflose Resignation. Einige waren enttäuscht von der Reaktion der Regierung, während andere verzweifelt hofften, dass der Moment unbeschadet vorübergehen würde. Die Dunkelheit auf dem Weg nach China war besonders dicht in den Herzen ihrer Familie. Ihre Eltern und ihr Mann mussten im Hafen bleiben und sie gehen lassen. Ihre Mutter wischte sich die Tränen weg und rief den Namen ihrer Tochter.

»Ragam! Bitte kommen Sie zurück!« Die zerreißende Trauer und das Weinen vermischten sich mit dem ohnmächtigen Geräusch des Schiffsmotors. Ihr Vater senkte schweigend den Kopf und schluchzte, seine Schultern hoben sich. Sein Gesicht war mit Tränen befleckt, und sein Gesicht war verzerrt von Hilflosigkeit und Selbstvorwürfen, weil er seine Tochter nicht beschützen konnte. Er ballte seine bleichen Fäuste und schrie aufs Meer hinaus. "Warum passiert das meiner Tochter? Bitte...Bitte..."

Ihr Mann fiel auf die Knie und konnte es nicht ertragen, den Bug des Schiffes loszulassen. Seine Hände bedeckten sein Gesicht und er schluchzte. "Ragam... Es tut mir leid...Ich habe es versäumt, dich zu beschützen...Seine Schreie hallten durch die kalte Luft des Hafens. Die Familie umarmte sich und weinte bitterlich. Ihre Trauer hing wie eine schwere Last über dem Hafen. Die Zeit schien stillzustehen, und das Schiff trieb immer weiter weg und verschwand aus ihrem Blickfeld. Es fiel ihnen schwer, die Realität des Verlusts ihrer Tochter und Frau zu akzeptieren.

Südkoreanische Soldaten zogen sich rund um den Hafen zurück, aber in ihren Augen war keine Emotion zu sehen. Auf Befehl sahen sie einfach schweigend zu. Und die Frage, warum China ihm helfe, sorgte für große Verwirrung in der Bevölkerung und in der südkoreanischen Regierung. Verschiedene Verschwörungstheorien begannen zu zirkulieren, und die Menschen wurden mit ihren eigenen Hypothesen ängstlich.

In einem Café in Seoul unterhielten sich einige Leute mit ernsten Mienen.

"Ich denke, er hat ein geheimes Abkommen mit China getroffen. Sonst gibt es keinen Grund für China, ihm so sehr zu helfen", sagte ein Mann.

"Vielleicht. Aber vielleicht versucht China, ihn zu benutzen, um unser Land ins Chaos zu stürzen?", fügte die andere Frau vorsichtig hinzu.

"Ich denke, Verschwörungstheorien tragen zur Verwirrung darüber bei, worin wir uns befinden", sagte der ältere Mann und schüttelte den Kopf. "Ich denke, unsere Regierung sollte mehr Informationen veröffentlichen."

Auch innerhalb der Regierung nahm die Verwirrung zu. Minister und hochrangige Beamte aus verschiedenen Ministerien steckten ihre Köpfe zusammen, um die Situation zu verstehen.

"Wir haben noch keine endgültigen Informationen darüber, warum China ihm hilft, aber wenn wir die Situation nicht gut verstehen, könnte dies zu mehr Chaos führen", sagte der NIS-Chef bei einer Dringlichkeitssitzung.

"Dann müssen wir herausfinden, warum er sich mit China zusammengetan hat und was ihr ultimatives Ziel ist", entschied der Präsident. "Während wir eine diplomatische Lösung finden, müssen wir die Wahrheit hinter ihm aufdecken."

Es herrschte eine tiefe Stille im Raum. Jeder kennt den Ernst dieser Situation. In Ermangelung konkreter Informationen gab es jedoch viele Verschwörungstheorien und unsichere Gerüchte.

Währenddessen verfolgten die Bürger auf den Straßen ängstlich die Nachrichten. Berichte über Chinas Militäraktionen und seine Identität haben die Menschen weiter verwirrt.

"Warum hilft China Yonghuan? Es muss etwas geben, von dem wir nichts wissen", sagte ein Bürger zu seinem Freund.

"So ist es. Warum verrät die Regierung nichts? Wir haben ein Recht darauf, es zu wissen", schnauzte mein Freund.

Inmitten dieser chaotischen Situation ist die Republik Korea immer tiefer in ein Labyrinth gerutscht. Die Öffentlichkeit war mit der Reaktion der Regierung unzufrieden, und die Regierung versuchte verzweifelt, ihre Beziehungen zu China zu untersuchen. Aber es gibt noch keine klare Antwort.

Er war sich sehr wohl bewusst, dass sein dauerhaftes Bündnis mit China eines Tages zu Ende gehen würde, auch wenn seine Rache allmählich erkannt wurde. Die chinesische Regierung war immer bereit, sich für ihre eigenen Interessen zu verraten. Da er dies wusste, hatte er eine andere Macht in seinen Händen. Diese Macht war ein Land, das der Schatten der Finsternis genannt wurde.

Ich konnte das kalte Metall in meiner Hand spüren. Er drückte einen Knopf und rief das Oberhaupt des geheimen Landes an.

"Sag es mir", ertönte eine leise, ruhige Stimme am Telefon.

"Der Plan läuft gut. China wird mich wahrscheinlich verraten, wenn der Interessenkonflikt endet, also denke ich, dass wir so vorgehen sollten, wie Sie es vorbereitet haben", sagte er ruhig.

"Gut. Wir sind bereits bereit. Wir werden die Spieler zuerst treffen, bevor sie einen Zug machen. Solange du mir die Informationen gibst, die du mir versprochen hast."

Younghwan schwieg einen Moment. "Ich habe die Informationen, um die du gebeten hast, bereits vorbereitet. Was Sie jedoch tun müssen, ist klar. In dem Moment, in dem China versucht, mich zu verraten, muss ich ihre Pläne durchkreuzen und sie in die Richtung lenken, die ich will."

Die Stimme am anderen Ende des Telefons hatte ein subtiles Lächeln. "Ich weiß, welche Rache du willst. Aber vergessen Sie nicht. Wir sind nicht nur Werkzeuge. Wir haben unsere Bestimmung."

"Natürlich. Solange unsere Ziele übereinstimmen, wird die Zusammenarbeit fortgesetzt", antwortete er bestimmt.

Ich legte den Hörer auf und schloss für einen Moment die Augen. Ich hatte mehrere Szenarien im Kopf. Die Verhandlungen mit dem Schatten der Finsternis waren ein mächtiges Bollwerk gegen alle Eventualitäten. Er schaute vom Boot aus aus dem Fenster und murmelte: "Alles läuft nach Plan. Die Welt dreht sich um die Logik der Macht."

Er hatte eine verschlüsselte Nachricht geschrieben, die er an die Schatten der Dunkelheit senden sollte. Seine Finger bewegten sich schnell über sein Telefon und tippten wichtige Informationen ein.

Hören Sie > genau zu. Ich werde Sie mit den Geheimnissen der Quantenmechanik, Portalinformationen und einer großen Menge Geld versorgen. Es gibt nur eine Bedingung. Wenn Ihr Bündnis mit China gebrochen ist, akzeptieren Sie, was ich verlange: Diese Nachricht ist verschlüsselt, und nur Sie können sie entschlüsseln. Ich freue mich darauf, von Ihnen zu hören.

Er schrieb die Nachricht und verschlüsselte sie mit modernster Verschlüsselungstechnologie. Diese Botschaft konnte von niemandem entschlüsselt werden. Nur der Schatten der Finsternis hielt den Schlüssel zur Entschlüsselung in der Hand. Nachdem er die Nachricht abgeschickt hatte, atmete er aus. Wann China verraten wird und wie sich der Schatten der Dunkelheit in diesem Moment bewegen wird.

Ein paar Tage später traf eine verschlüsselte Antwortnachricht aus den Schatten der Dunkelheit ein. Sorgfältig entzifferte er die Nachricht. Die Nachricht enthielt eine einfache Antwort

Annahme > Angebots. Fertig. Ich warte auf dein Signal.

Er lächelte, als er die Nachricht las. Dank seiner Verhandlungen mit dem Schatten der Finsternis hatte er die Macht, die Dinge jederzeit zu wenden.

Er schaute aus dem Fenster und murmelte. "Alles, was bleibt, ist Zeit."

Auf engstem Raum des Schiffes waren schwere Ketten um seine Handgelenke und Knöchel geschlungen, und ein Schauer kroch in seine Schultern und jagte ihm einen Schauer über den Körper. Sie konnte nichts sehen, nur Stille und Dunkelheit unter den glühenden Lichtern des Schiffes.

In diesem Moment hörte er Younghwans Stimme. »Wie geht es dir, Ragam?« fragte er.

Ragam hob den Kopf, folgte seiner Stimme und folgte dem dünnen Licht. "Ich...Wo bin ich?", fragte sie zögernd.

Younghwan schwieg einen Moment, dann atmete er tief durch. "Es ist auf dem Weg nach China. Es ist mein letzter Ausweg, um dich zu retten", antwortete er.

Ragam legte den Kopf schief und sprach im Dämmerlicht. »Was meinst du damit, mich zu retten? Warum machst du das?"

Younghwan streckte die Hand aus und klopfte Ragham auf die Schulter. "Ich denke, ich kann dich beschützen. Wir müssen zusammen gehen", sagte er.

Ragam sagte zu Younghwans Berührung: "Ich verstehe nicht, dass wir hier sind ...Können Sie mich nach Hause schicken?". Aber Younghwan wandte ihr die Hand zu und begann, ihre glänzenden, prallen Brüste wie einen Luftballon zu verschlingen. Dann öffnete Ragam überrascht den Mund und schrie Younghwan an. »Halt! Warum machst du das?!"

Er lächelte bitter, als er ihre Reaktion beobachtete. "Du wurdest schon von mir berührt. Wenn Sie mich verlassen, stellen Sie sich vor, was Sie Ihrer Familie antun werden", sagte er.

Ihr Gesicht wurde rot vor Wut und Verzweiflung. "Du bist so ein ungezogener Mensch!"

Er sah sie mit einem kalten Gesichtsausdruck an. "Ich zeige gerne die Unvollkommenheiten dieser Welt. So werden Sie es verstehen."

Sie sah ihn mit Tränen in den Augen an. "Befreie mich!"

Er schrie sie an. "Du bist schon in meinen Händen! Und von nun an musst du tun, was ich von dir will!" und er übertrug ihre heiße Szene per Livestream an ihren Mann. Einen Moment lang herrschte Stille. Frank starrte ihn in seinem Handy an, seine Augen waren voller Wut und Verzweiflung.

Younghwan schlug mit den Flügeln und lachte. Wenn du nicht auf mich hörst, werden sie wissen, was mit dir passieren wird."

Sie sah ihn verzweifelt an. "Ich will weglaufen. Gib mir die Erlaubnis."

Younghwan lächelte sarkastisch und drückte ihre Hand fest. "Wenn ich mich nicht so verhalte, wie ich es will, wird das, was in Zukunft passieren wird, noch schrecklicher sein."

Sie brach in Tränen aus und verzweifelte. "Ich möchte meine Familie sehen. Also lass mich gehen!", aber Younghwan flüsterte ihr ins Ohr.

"Du bist von nun an mein Eigentum."

SIE IST IN EINEM GEHEIMEN Schloss tief in den Bergen Chinas gefangen, das "Longmen City" genannt wird. Das Schloss hatte eine Aura der Geheimhaltung, die nirgendwo sonst auf der Welt zu existieren schien. Unter den wolkenverhangenen Gipfeln waren seine Majestät und Erhabenheit überwältigend. Es ist eine Kombination aus traditioneller chinesischer Architektur und modernster Technologie, und von außen sieht es aus wie eine alte Festung. Sein Inneres war jedoch voller unvorstellbarer Geheimnisse und Technologien.

Tief unter der Oberfläche der Burg, 1.000 Meter unter der Erde, fühlte sich das Gefängnis an, als würde es auf den Mittelpunkt der Erde zusteuern. Es war ein hochmodernes Gefängnis, das er selbst entworfen hatte. Die tunnelartigen Gänge waren ein Labyrinth von Tunneln, und wenn man die Gänge hinunterging, konnte man die Steinmauern, die Dunkelheit der Feuchtigkeit und die Unterdrückung spüren. Der Weg hinunter in den Keller war ebenfalls über einen gut ausgestatteten Aufzug erreichbar. Der Aufzug senkt sich bis zu einer Tiefe von 1.000 Metern unter die Erde, und die Wände um ihn herum sind mit dickem Beton und High-Tech-Verteidigungssystemen ausgestattet. Als sich die Aufzugstüren öffneten, entfaltete sich vor Ihnen eine riesige unterirdische Anlage. Es war so großartig und überwältigend wie ein geheimes Atomtestgelände. In der Mitte des Kerkers befand sich eine durchsichtige Wand, die sie umgab. Der Raum wurde aus speziell gehärtetem Glas gebaut, und alles im Inneren war so gestaltet, dass es von außen sichtbar war. Die durchsichtige Wand entmutigte ihre Sehnsucht nach Freiheit zusätzlich. Als ob die Freiheit vor ihr läge und sie sie niemals bekommen könnte. Es war ein seltsamer Ort.

Sie fühlte sich, als wäre sie in einem Raum gefangen, in dem es nichts gab. Als ich mit der Hand die Wand berührte, konnte ich das kalte Glas spüren. Die Mauer war unsichtbar, aber sie war eine Einschränkung ihrer Freiheit. Das Interieur war einfach. Es bestand alles aus einem Bett, einem kleinen Schreibtisch, einer Toilette und einer Dusche. Die Decke und der Boden des Gefängnisses waren ebenfalls transparent. Aus diesem Grund war es nicht einmal möglich zu wissen, wo die Grenzen des Raumes waren. Unter dem Boden erstreckte sich der Abgrund des Drachentors endlos. Als ich auf den Boden schaute, fühlte ich mich, als würde ich in der Luft schweben. Über der Decke konnte ich den klaren Himmel und die Wolken sehen, aber es war eine andere Welt, die außerhalb meiner Reichweite lag.

Hinter den transparenten Wänden wurden High-Tech-Überwachungsgeräte dicht aneinander platziert und jede Bewegung im Inneren in Echtzeit überwacht. Hochqualifizierte Sicherheitskräfte waren rund um das Gelände stationiert, bewaffnet mit den neuesten Waffen und Ausrüstung. Sie kontrollierten streng alle Zugänge innerhalb und außerhalb des Gefängnisses. Das gesamte Gefängnis war durch verschiedene Sicherheitssysteme und Fallen geschützt, so dass es für Eindringlinge fast unmöglich war, sich Zugang zu verschaffen. Dieser Kerker war der Höhepunkt seiner akribischen Planung und seines Geschicks.

Ich kann sie durch die transparenten Wände sehen. Sie kniet nackt mit einer 5-Yuan-Halskette um den Hals. Er empfindet eine Mischung aus Freude und Glück, wenn er es sieht.

Er sagte. "Jetzt kann ich den Schmerz fühlen, den du mir zugefügt hast, es ist an der Zeit, dass du dafür büßt, dass du mich ignoriert und verletzt hast", sagte er, streckte die Hand aus und griff nach der Halskette. "Eine Halskette für 5 Yuan. Das ist der Preis, den man jedes Mal bekommt, wenn man mit Männern zu tun hat", sagte er scharf wie eine Klinge.

Sie senkte den Kopf und weinte. "Younghwan, ich habe mich geirrt. Aber musstest du das tun?"

Er seufzte und sah sie an. "Du hast mich nicht respektiert. Ignorierte mich, verletzte mich. Jetzt bist du an der Reihe, dafür zu bezahlen", sagte er kalt zu ihr, schloss dann die durchsichtige Wandtür und ging. Als sie das Gefängnis verließ, legte sie ein Bild ihrer Tochter und ihres Mannes beiseite, damit sie es sehen konnte. Der Ehemann auf dem Foto lag in einem Krankenhausbett. Beim Anblick der Fotos verzweifelte sie und dachte mit Tränen in den Augen an ihren Mann und ihre Tochter.

Eines Tages öffnete sich die Gefängnistür und er trat ein.

"Ragam, ich habe dir etwas zu zeigen", sagte er mit einem subtilen Gesichtsausdruck.

Sie hörte ihm zu und blickte auf. Er hatte einen kleinen Handybildschirm in der Hand. Ich schaltete den Bildschirm ein und zeigte ihn ihr. Auf dem Bildschirm liefen Krankenschwestern aus dem Krankenhaus herum.

"Was ist das?", fragte sie mit zitternder Stimme.

"Schau, es ist dein Mann", antwortete er.

Augenblicke später lag ihr Mann in einem Krankenhausbett. Sein Gesicht war blass und er hatte mehrere medizinische Geräte an seinem Körper befestigt. Er schien sich in einem Schockzustand zu befinden.

"Nein, bitte...", murmelte er verzweifelt. Sie fühlte, wie ihr Herz vor Angst und Trauer brach.

Auf dem Bildschirm war das medizinische Personal damit beschäftigt, seinen Zustand zu überprüfen. Es dauerte nicht lange, bis der Herzmonitor meines Mannes zu piepen begann. Das medizinische Team versuchte, Erste Hilfe zu leisten, aber sein Zustand wurde schnell instabil.

"Hilf mir! Bitte helfen Sie mir!", rief sie in den Bildschirm.

In diesem Moment blieb der Herzmonitor meines Mannes in einer flachen Linie stehen. Das medizinische Personal bedeckte seinen Körper leise und erklärte ihn für tot. Sie starrte mit Tränen in den Augen auf den Bildschirm. Younghwan lächelte kalt und schaltete den Bildschirm aus. "Jetzt weißt du es. Was mein Schmerz ist."

Sie setzte sich hin und weinte. Alle ihre Hoffnungen waren enttäuscht worden, aber sie dachte immer noch an ihre Tochter und beschloß, durchzuhalten. An einem anderen Tag öffnete sich die Gefängnistür, und davor standen die Soldaten. Sie riefen ihren Namen, als sie gegen die transparente Wand traten. Sie fragte sich, warum sie so oft an seine Seite kamen. Und das lag an der Fünf-Yuan-Halskette, die um seinen Hals hing.

"Ich glaube nicht, dass man so etwas in China finden wird."

Einer von ihnen lächelte und sprach.

"Richtig, wonach suchst du? So etwas kann man in China nicht finden."

Sie war voller Scham über ihre Eskapaden, aber sie schienen nichts von diesen Gefühlen zu haben.

"Was versuchst du hier zu tun? Willst du im Gefängnis spielen?"

"Wirst du die Königin des Gefängnisses sein?", höhnte der andere Mann. Sagte er, als er zu ihr hinüberging. "Ich weiß nicht, woher sie kommt, aber sie ist ziemlich interessant."

Sie drehte den Kopf, um ihren Blicken und ihrem Spott auszuweichen. Dann starrten die Männer ihren Körper an und machten wilde Witze. "Man muss nicht zu schüchtern sein. Hier interessiert es sowieso niemanden", höhnte ein Mann und klopfte ihr auf die Schulter.

"Warum kommst du nicht zu uns, um ein bisschen Spaß zu haben?", sagte ein anderer sarkastisch lachend.

Sie konnte nicht widerstehen und versuchte schmerzhaft, ihrer Berührung zu widerstehen. Sie zogen ihre Kleider aus, um ihre Brüste zu verschlingen, und untersuchten ihre Körper. In meiner Verzweiflung musste ich ihren beleidigenden Blick hinnehmen. Dann sagten sie sarkastisch: "Mal sehen, wie stark diese Frau ist." Sie zitterte vor unerträglicher Scham und Schmerz. Sie beleidigten sie, behandelten sie grob.

Als sie gingen, roch es überall um sie herum nach Käse und Faul. Der schreckliche Geruch von unwillkürlich rümpfter Nase zog ihre Brust zusammen. Ihr tägliches Leben im Gefängnis schien alle Menschenwürde vergessen zu haben. Er starrte auf sein Spiegelbild in den verdorbenen, durchsichtigen Wänden des Gefängnisses. Sein

Körper war mit dem Sperma und Speichel der Männer befleckt. Verzweiflung erfüllte die Wände, und ich konnte den Zusammenbruch meines Geistes und meines Körpers nicht ertragen. Ich wollte alles aufgeben. Sogar das Leben. Aber in diesem Moment wollte sie ihre liebste Familie wieder spüren. Er war entschlossen, jede Herausforderung für sie zu meistern. Wenn Sie das Bild betrachten, atmen Sie tief durch und entscheiden Sie sich, die Härten des Lebens mit neuer Hoffnung zu überwinden. "Gib niemals auf! Für meine Tochter."

Sie musste einen Hoffnungsschimmer finden. Er begann, Werke mit Staub und Luft in den transparenten Wänden zu schaffen. Er sammelte Staub mit seinen Händen, um eine gerade Linie auf seinem Gesicht zu bilden, und zeichnete mit seinen Fingern eine Kurve durch strömende Luft. Aber ihre Haare waren verheddert, ihre Haut war mit Wunden übersät und das Sperma auf ihrem Körper trocknete aus und roch unangenehm. Und der Keller war schwach von der Dunkelheit erhellt, und der Druck der Dunkelheit und Einsamkeit erfüllte den Raum. Ich weiß nicht, ob die Schatten in den schweren, transparenten Wänden des Kellers das Licht der Hoffnung oder die Dunkelheit sind, die Freiheit symbolisiert.

Danach duschte sie in Ketten, um sich zu waschen. Das kalte Wasser tropfte an ihrem Körper herunter und gab ihr das Gefühl, gefroren zu sein. Sie war nur eine Sklavin, die vor seiner Macht kniete.

Währenddessen kam Young-hwan von Besorgungen zurück und sang zur Musik der Freiheit und Freude, während er sie nackt beobachtete. Der Song, der aus den Lautsprechern lief, war "Don't Stop Me Now" von Queen. Als der Strommast zu fließen begann, wurde Energie von seinen Zehen auf seinen gesamten Körper übertragen. Eine fröhliche Klaviermelodie erleichterte seine Schritte, und sobald das Gitarrenriff begann, begann er mit weit geöffneten Armen zu schwingen.

Als der Text des Liedes erklang: "Tonight I'm gonna have myself a real good time, I feel alive", breitete sich ein Lächeln auf seinem Gesicht aus. Seine Augen funkelten, und sein ganzer Körper bewegte sich frei im Fluss der Musik. Der Schlag der Trommel wurde eins mit seinem Herzschlag, und er bewegte sich selbstbewusst weiter, wie ein brillanter Schauspieler auf der Bühne.

Als der Satz "Don't stop me now, I'm having such a good time, I'm having a ball" ertönte, hob ich meine Arme hoch in die Luft, drehte meinen ganzen Körper und war völlig eingetaucht. Seine Bewegungen waren heiter und energisch, und sein Gesicht war von purer Freude erfüllt. Als ob ihn niemand aufhalten könnte, tanzte er endlos im Rhythmus der Musik. Er sah aus, als hätte er alles der Welt in seinen Händen. Diese Szene wurde ihr durch die transparenten Wände perfekt vermittelt.

Sie befanden sich im selben Raum, in verschiedenen Welten.

Der Klang von Tanz und Gesang flog wie eine unheimliche Klinge an ihre Ohren. Statt eines Liedes von Freiheit und Glück war es ein dorniges Lied von Schmerz und Verzweiflung.

Er schaltete das Lied aus und hörte auf zu tanzen. Und er freute sich über ihren Schmerz, näherte sich ihr und flüsterte ihr ins Ohr.

»Wie lebst du, Ragam?« fragte er mit einem sarkastischen Lächeln.

Sie antwortete und schüttelte stumm den Kopf. "Ich bin nicht interessiert."

Seine Hände bewegten sich. Sie duschte, zog das dünne Tuch, das ihren Körper umgab, zurück und schaute neugierig nach unten.

"Wow, das ist unglaublich. Es ist schön, so etwas in seinem Körper zu haben", sagte er scherzhaft.

Sie sah ihn wütend an, aber das Leben war bereits verflucht und elend. Sie schürzte die Lippen und schloss die Augen. Als er seine Arme bewegte, ertönte das Geräusch von Ketten von Ohr zu Ohr. Er rieb seine Hand an ihren Genitalien. All das gab mir das Gefühl, etwas erobert zu haben. Er war froh zu wissen, dass er jede Bewegung von ihr durch seine eigenen Entscheidungen kontrollieren konnte. Sofort holte sie ihr Skizzenbuch vor der transparenten Wand heraus und begann, ihre Figur zu zeichnen. Seine Hände waren zart und exquisit. Ihren Körper auf die Leinwand zu bringen, gab ihr ein Gefühl von innerem Frieden und Zufriedenheit. Es war ähnlich wie die Emotionen, die Van Gogh empfand, als er die "Sonnenblumen"-Serie malte.

Van Goghs "Sonnenblumen"-Serie fängt die Schönheit und Reinheit der Natur ein. Jede Sonnenblume wurde durch seine Augen zum Leben erweckt, und Van Gogh war glücklich, diesen Prozess zu spüren. Die hellen und warmen Farben der Sonnenblumen symbolisierten den inneren Frieden, den er gefunden hatte. Er auch nicht. Als er ihre Nacktheit betrachtete, fühlte er das Vergnügen, seine Rache zu vollenden. Es war so hell und intensiv wie eine Sonnenblume.

Sonnenblumen drehen ihren Kopf immer in Richtung Sonne. Für Van Gogh war es ein Symbol der Hoffnung und des Durchhaltevermögens. Auf dem Gemälde leuchtete sie so hell wie eine Sonnenblume.

Wenn Van Goghs "Sonnenblume" die Schönheit und Reinheit der Natur symbolisierte, wenn die leuchtend gelbe Farbe der Sonnenblume Van Gogh inneren Frieden gab, dann fühlte er Frieden, indem er eine weitere Sonnenblume malte und ihm den letzten Schliff gab. Er lud sie zu einem Gespräch ein.

Younghwan: "Ich versuche, Sie zu beruhigen."

Sie sah erschrocken aus und zwang sich zu einem Lächeln. "Es ist ein Seelenfrieden. Seien Sie nicht lächerlich! Das ist lächerlich!"

Younghwan: "Vielleicht. Die Beziehung zwischen dir und mir beginnt damit, dass wir uns gegenseitig verstehen."

Sie hob eine Augenbraue. "Willst du mich verstehen? Was will ich?"

Er nickte. "Richtig. Du passt nicht hierher. Hier gefangen, willst du nur Freiheit und mich nicht verraten."

sagte sie und hielt die Tränen zurück. "Ich brauche Freiheit. Weißt du, dass ich dir nicht vertraue?"

Er nickte stumm. "Ja. Aber ich vertraue darauf, daß Sie sich auf mich verlassen. So werde ich dir Freiheit geben."

Sie keuchte bei seinen Worten und drehte den Kopf.

Younghwan: "Egal, wofür du dich entscheidest, ich werde für dich da sein. Ich kann alles für dich tun."

Sie wandte seinen Blick ab. "Du sperrst mich ein, du schikanierst mich, du tust das für mich?"

Younghwan lächelte sanft. "Wenn ich dich verstehe, kann ich tun, was du willst. Ich werde dich befreien, ich werde dich befreien. Das ist mein Versprechen."

"Dann sei der Führer meiner Freiheit. Lassen Sie uns gemeinsam gehen. Fühlen Sie sich frei, zu tun, was Sie wollen", dachte sie über seine unverständlichen Worte nach, aber sie konnte sie nicht verstehen.

In der Zwischenzeit setzte die Republik Korea die Verhandlungen mit der chinesischen Führung fort, um das Problem durch Diplomatie zu lösen. Das Treffen fand im Gebäude des Außenministeriums in

Seoul statt. Das Gebäude des Außenministeriums ist ein prächtiges Gebäude mit antiken Säulen und Marmorböden, die eine feierliche Atmosphäre schaffen. Am Eingang des Gebäudes waren Leibwächter stationiert, und es gab strenge Sicherheitsmaßnahmen, um die Sicht auf die Außenwelt zu versperren. Der Verhandlungsraum war geräumig und hell. In der Mitte befand sich ein großer runder Tisch, auf dem die Flaggen der beiden Länder nebeneinander platziert waren. An den Wänden hingen antike Gemälde, und durch die Fenster konnte ich einen grünen Garten sehen. Darüber hinaus blickte ich auf die belebten Straßen von Seoul hinunter.

Delegationen beider Länder versammelten sich im Konferenzraum. Auf südkoreanischer Seite waren der Außenminister und andere hochrangige Beamte anwesend, und auf chinesischer Seite nahmen der Außenminister und andere Würdenträger teil. Der Außenminister der Republik Korea sprach mit fester Stimme und kündigte den Beginn des Treffens an. "Heute haben wir uns an den Verhandlungstisch für die Rettung von Mr. Lagham gesetzt. Unser Ziel ist es, sie sicher zurückzubringen."

Der chinesische Außenminister nickte als Antwort. "Wir verstehen. Aber Verhandlungen erfordern gegenseitigen Nutzen. Was wir wollen, ist wirtschaftliche Zusammenarbeit und stabile Handelsbeziehungen."

Der südkoreanische Außenminister dachte einen Moment nach und sprach dann wieder. "Unsere Regierung wird ihr Möglichstes tun, um Herrn Ragham zu retten, selbst um den Preis enormer wirtschaftlicher Verluste. Daher sind wir bereit, den Forderungen der chinesischen Seite in vollem Umfang nachzukommen."

sagte der chinesische Außenminister mit einem Lächeln. "Dann hören Sie bitte auf unsere Forderungen. Erstens wollen wir die wirtschaftliche Unterstützung der Republik Korea. Zweitens, bitte überarbeiten Sie das Handelsabkommen zwischen den beiden Ländern, um günstige Bedingungen für uns zu schaffen."

Hinter den diplomatischen Verhandlungen hat China versucht, die Zusammenarbeit zwischen Japan und Südkorea zu zerschlagen und die Bedingung zu stellen, dass Südkorea im Falle eines bewaffneten Konflikts im Südchinesischen Meer nicht beteiligt sein wird. Schließlich forderte sie Vorteile für Billigexporte in das Land.

Der südkoreanische Außenminister schwieg eine Weile. Er nickte als Antwort. "Ich verstehe. Wir werden den gegenseitigen Nutzen durch wirtschaftliche Unterstützung und Handelsabkommen fördern. Die sichere Rückkehr von Mr. Ragham hat jedoch oberste Priorität."

Zu dieser Zeit infiltrierte Yong-hwan einen Spion, um die Verhandlungen zwischen China und Südkorea zu beobachten. Er behielt die Bewegungen der beiden Regierungen im Auge und versuchte, jederzeit vorbereitet zu sein. Er sagte auch voraus, dass die Verhandlungen zwischen China und Südkorea in einer gütlichen Einigung enden würden. Es war klar, dass das koreanische Volk großes Mitgefühl für ihre Rettung ausdrücken würde und dass die südkoreanische Regierung Anstrengungen unternehmen würde, um sie zu retten, selbst um den Preis wirtschaftlicher Verluste.

Kurz nach Abschluss der Verhandlungen zwischen der südkoreanischen Regierung und der chinesischen Führung leitete die Regierung sofort eine Rettungsaktion für sie ein. Vor dem Außenministerium fand eine Pressekonferenz statt, und eine große Anzahl von Menschen verfolgte die Situation live im Fernsehen und im Internet. Der Außenminister ergriff ruhig das Mikrofon und verkündete die Ergebnisse.

"Meine Mitbürger, uns wurde die sichere Rückkehr von Herrn Ragam durch Verhandlungen mit China versprochen. Jetzt wird sie bald wieder bei uns sein."

Die Pressekonferenz brach in Jubel und Applaus aus. Das Volk vergoss Tränen und teilte seine Freude, und die Regierung wurde gelobt, als wäre sie ein Held. Aber hinter all dem lauerte eine komplexe

Reihe von politischen Berechnungen und Berechnungen, die nicht an der Oberfläche auftauchten.

Im inneren Sitzungssaal versammelten sich Parlamentsabgeordnete und hochrangige Beamte. Der Konferenzraum war mit Zigarettenrauch gefüllt, und der dunkle Nachthimmel erstreckte sich durch das Fenster. Sie waren in eine heftige Debatte über die politischen Vorteile von Raghams Rettung verwickelt.

"Durch diesen Deal haben wir das Vertrauen der Menschen zurückgewonnen", sagte ein Abgeordneter. "Aber die wirtschaftlichen Verluste sind enorm. Wir müssen einen Weg finden, das irgendwie wieder gut zu machen."

Das andere Ratsmitglied nickte zustimmend. "Das ist richtig. Wir haben diesen Deal genutzt, um die Unterstützung des Volkes zu gewinnen, aber im Gegenzug haben wir China viele Zugeständnisse gemacht. Von nun an müssen wir den Preis dafür zahlen."

Die Inkompetenz der Regierung und die unersättliche Gier der Menschen wurden hier noch deutlicher. Sie benutzten ihr Leben als Vorwand, um ihre eigene politische Position zu erlangen, und sie benutzten sogar die Emotionen der Menschen als politisches Werkzeug.

Ein paar Tage später, als ihre Rettungsaktion begann, brach das ganze Land in Feierlaune aus. Zeitungen und Rundfunkanstalten machten jeden Tag Schlagzeilen über ihre Rückkehr, und die Menschen gingen auf die Straße, um zu jubeln und zu jubeln.

"Wir haben gesiegt!", rief ein Bürger und schwenkte eine Fahne. Aber inmitten des Jubels gab es diejenigen, die wussten, dass die Wirtschaft bereits nach und nach zusammenbrach. Die Lebensmittelpreise stiegen, die Arbeitslosigkeit stieg und Unternehmen gingen bankrott. Die Regierung entwickelte verschiedene Maßnahmen, um dies zu verbergen, aber das Problem war nicht leicht zu lösen.

An der Straßenecke unterhielten sich zwei Männer mittleren Alters.

"Ist das wirklich eine gute Sache?", fragte ein Mann, und der andere nickte.

"Nun, es ist gut, dass du sie gerettet hast, aber im Gegenzug wurde die Wirtschaft ruiniert. Die Regierung wird irgendwie damit umgehen müssen."

Auf diese Weise war das Volk inmitten von Jubel und Triumphen ängstlich und misstrauisch. Sie freuten sich über ihre Rückkehr, machten sich aber auch Sorgen über die Wirtschaftskrise, die folgen würde. Wie auch immer, es war, als hätte die Freude vor ihm diese Ängste für eine Weile begraben.

Eine Woche später infiltrierten Geheimagenten der südkoreanischen Regierung das Gefängnis, in dem sie festgehalten wurde. Als sich die Agenten näherten, um sie aus dem labyrinthartigen Gefängnis zu retten, beobachtete er ihre Bewegungen mit allen Kameras im Gefängnis.

"Operation gestartet. Wir müssen sie sicher herausholen", funkte einer der Agenten.

In diesem Moment hallte seine Stimme durch das Gefängnis. "Ihr Leute, habt ihr gedacht, ich würde eure Bewegungen nicht kennen?"

Die Agenten waren kurz verblüfft, bereiteten sich dann aber ruhig auf den nächsten Schritt vor. Die elektronischen Systeme des Gefängnisses wurden manipuliert, um die Tür zur transparenten Wand zu öffnen, und die Agenten brachten sie heraus. Auf dem Weg nach draußen explodierte ihr Fahrzeug. »Was ist los?« rief einer der Agenten.

"Es ist alles geplant", ertönte seine Stimme wieder. "Du hast versucht, es so aussehen zu lassen, als würdest du sie retten. Tatsächlich habe ich dich getäuscht."

Da er den Plan des südkoreanischen Geheimagenten im Voraus kannte, hatte er mehrere Schichten der Falle sorgfältig entworfen. Er kannte nicht nur die Operationspläne der Regierung im Voraus, sondern auch das Personal, die Ausrüstung und sogar den Zeitpunkt der Operation durch ein umfangreiches Geheimdienstnetzwerk, das innerhalb der Republik Korea eingerichtet wurde. Auf der Grundlage dieser Informationen entwickelte er einen detaillierten Einsatzplan. Das Geheimdienstnetzwerk war mehr als nur ein Spionagenetzwerk. Es war ein komplexes Netzwerk, das sich um seinen Einfluss drehte und sich über den ganzen Globus ausbreitete. Diese verschiedenen Pfade wurden verwendet, um Informationen zu sammeln, zu analysieren und Rettungsaktionen so zu planen, dass sie fehlschlagen.

Im Gefängnis gab es einen absichtlich angelegten Fluchtweg. Er glaubte fest daran, dass die Agenten diesen Weg kommen würden, um sie zu retten. Die Route führt an den Rand des Gefängnisses, so dass Geheimagenten schnell Zugang dazu haben. Bis auf diesen war der Fluchtweg ein Labyrinth von Umwegen und Umwegen. Er nutzte den Moment, in dem die Geheimagenten diesen Weg nutzten, und setzte eine Privatarmee ein. Diese Armee war eine Eliteeinheit, die mit den neuesten Waffen und Ausrüstungen ausgestattet war. Sie warteten im Versteck, bis sie dem geführten Fluchtweg folgten, und wenn sie es taten, griffen sie gemeinsam an.

Er ließ auch falsche Informationen durchsickern, um in eine Falle zu tappen, die er selbst geschaffen hatte. Es sickerten absichtlich Informationen durch, dass dieser Durchgang des Gefängnisses ein schwaches Sicherheitssystem hatte, was zur Durchführung der Operation führte. Um den psychologischen Druck auf die Geheimagenten zu maximieren, ließen sie schließlich Informationen durchsickern, dass sie kurz vor der Hinrichtung standen, damit sie manipuliert werden konnten, um die Operation zu überstürzen. Dadurch waren die Geheimagenten in einem Netzwerk gefangen, ohne auch nur Zeit zu reagieren. Die Geheimagenten kämpften erbittert, aber am Ende konnten sie die Einkesselung nicht durchbrechen, und sie wurde zurück ins Gefängnis gebracht. Die Regierung der Republik Korea wurde in seiner Falle vollständig besiegt. Durch die durchsichtigen Wände konnte sie die Schreie ihrer Eltern hören...

»Es war alles sein Plan«, flüsterte sie. "Er wird mich zerstören."

Verhandlungen mit dem Schatten der Vergangenheit

Ein paar Wochen später wurde sie mit ihrem Kind im Schlepptau nach Nordkorea abgeschoben. Es war eine dunkle Nacht, und ich lag in einem tiefen Schlaf. Sie wachte durch ein plötzliches Geräusch auf und fand seltsame Männer in ihrer durchsichtigen Wand. fragte ich, zitternd vor Angst. "Wer bist du? Warum bist du gekommen, um mich abzuholen?"

Sagte einer von ihnen leise. "Wir haben den Befehl, Sie in Sicherheit zu bringen. Folgen Sie uns."

Sie folgte und unterdrückte ihren verwirrten Verstand. Nachdem wir ein komplexes Labyrinth durchquert hatten, stiegen wir auf eine Höhe von 1000 Metern und kletterten heimlich in ein präpariertes Fahrzeug. Das Fahrzeug fuhr mit hoher Geschwindigkeit. Sie überquerten die Grenze zwischen Nordkorea und China und steuerten einen heimlich eingerichteten Hubschrauberlandeplatz an. Sobald der Hubschrauber eintraf, hob sie sie ab und flog mit hoher Geschwindigkeit durch den Nachthimmel. Sie starrte aus dem Fenster auf die Sterne, die in der Dunkelheit schimmerten, und wusste nicht, wohin sie gehen sollte. Der Hubschrauber landete auf einer geheimen Basis in Pjöngjang. Sie wurde in die Basis geführt. Die Straße war dunkel, und ich fühlte mich ängstlich und ängstlich. Ein anderer Plan brachte sie in diese schreckliche Situation. In einem nordkoreanischen Gefängnis angekommen, begann ihr elendes Leben. Als schwangere Frau musste sie jeden Tag hart arbeiten und hart arbeiten. Mein Körper wurde müde und mein Geist bröckelte.

AM ENDE DES TAGES ROLLTE ich mich in dem kalten Käfig zusammen. Jedes Mal, wenn der Wind vor dem Fenster wehte, knarrten die alten Fensterrahmen und die kühle Luft sickerte ein.

Ehe ich mich versah, starb die Republik Korea aus der Hoffnung, sie retten zu können.

Zu dieser Zeit gab es eine Menge öffentlicher Meinung, dass sie gerettet werden sollte. Zeitungen und Sendungen waren voll von ihren Geschichten, und die Menschen forderten unisono ihre Rückkehr. Im Laufe der Zeit änderte sich die Situation jedoch drastisch. Als die Nachricht kam, dass die südkoreanische Regierung bei den Verhandlungen mit China getäuscht worden war, waren die Menschen wütend. Die Menschen gingen auf die Straße, um vor der chinesischen Botschaft zu protestieren, und Misstrauen und Wut auf die Regierung stiegen in den Himmel. Selbst als sich wirtschaftliche Schwierigkeiten abzeichneten, richtete sich die Aufmerksamkeit der Öffentlichkeit allmählich auf etwas anderes. Ihre Geschichte verschwand aus den Nachrichten, und ihr Schmerz verschwand aus den Köpfen der Menschen. Die Menschen waren mit ihrem eigenen Lebensunterhalt und ihrem geschäftigen Leben beschäftigt, und sie blickten nicht auf ihr Mitleid zurück.

Sie schloss die Augen und stieß einen tiefen Seufzer aus. Die Schritte der nordkoreanischen Soldaten durch die Gitterstäbe kamen näher und näher. Als er es hörte, fühlte er sich, als würde er in Korea vergessen. Ich fühlte mich betrogen und verärgert.

"Die Leute kümmern sich schließlich nur um ihre eigenen Interessen", schrie sie. "Mein Schmerz war für sie nur eine vorübergehende Brise."

Er zog sich aus dem Käfig hoch. Das schwache Mondlicht vor dem Fenster beleuchtete ihr Gesicht. Sie entschied sich, ihr Schicksal zu akzeptieren. Egal wie grausam die Realität auch sein mag, sie hat mir die Natur des Menschen bewusst gemacht.

"Ich wurde von ihnen vergessen, aber ich werde es nicht vergessen. Diese Erfahrung wird mich stärker machen." "Man verliert sich in keiner Situation, man muss vorwärts gehen."

Der Blick auf Nordkorea in ihren Augen war immer noch dunkel und beängstigend, aber es gab einen kleinen Hoffnungsschimmer in ihrem Herzen. Er überlebte hier und verlor nie die Hoffnung, eines Tages wieder frei zu sein. Ihre mütterliche Liebe zu ihrem schwangeren Baby wurde zu ihrer einzigen tragenden Kraft. Wochen vergingen, und neues Leben zappelte, während er sich in der leeren Zelle windete. Ihr Atem wurde rau.

Warum ist es so schmerzhaft, ein Kind zu bekommen?", schrie sie und schluchzte. Ein kleiner Körper glitt heraus, und sie tat ihren ersten Atemzug und weinte laut. In diesem Moment hallte ein mysteriöses Geräusch durch den leeren Raum und ließ sogar die Wellen des Sees vor dem Gefängnis erzittern. Ich fühlte eine Mischung aus Sterben, Schmerz und Erleichterung. Es war niemand in der Nähe. Der einzige Begleiter war ein neues Leben. Sie lächelte unbeholfen und nahm das Kind in ihre Arme. Für einen Moment war all der Schmerz der Vergangenheit vergessen und ich war überwältigt von Liebe und Dankbarkeit. Er flüsterte dem Kind leise zu.

"Sie sind gekommen, weil wir hoffen, der Welt Licht zu bringen. Gemeinsam werden wir diesen Schmerz überwinden."

Dieses Baby war eine Hoffnung für sie und ein Gefühl der Verantwortung, gegen die Dunkelheit Nordkoreas und die Gleichgültigkeit Südkoreas zu kämpfen. Trotz der harten Bedingungen und der ständigen harten Arbeit beschützte sie ihren Sohn mit einem starken Geist.

Chinas Doppelzüngigkeit

Die südkoreanische Regierung protestierte gegenüber China heftig gegen das Scheitern der Rettungsaktion. Aber die Realität war hart. Die Logik der Macht der internationalen Politik wurde wieder erneuert, und ihre Proteste zeigten keine Kraft. Die chinesische

Regierung blieb nonchalant. sagte der Außenminister der Republik Korea mit einem verwirrten Gesichtsausdruck.

"Unser Hauptziel war die sichere Rückkehr von Mr. Ragham. Es scheiterte jedoch, weil die chinesische Regierung nicht kooperierte. Man muss verantwortlich sein."

Der chinesische Vertreter schüttelte den Kopf und sagte bestimmt: "Wir haben nur der Verhaftung von Herrn Young-hwan Priorität eingeräumt. Wenn Differenzen nicht beigelegt werden, kann kein Fortschritt erzielt werden."

Er entging nicht der Überwachung durch die Regierungen beider Länder. Schließlich wurde er von den Behörden bemerkt und im Rahmen der internationalen Zusammenarbeit nach Südkorea zurückgeschickt. Er verbarg sein Lächeln, als er ins Gefängnis ging. Seine Inhaftierung in Südkorea war eine gute Gelegenheit, ihr ein Gefühl der Ruhe zu geben. Sie würde für einen Moment erleichtert sein, wenn sie hörte, dass er im Gefängnis war. Er saß mit dem Rücken zu den kalten Wänden des Gefängnisses und fummelte heimlich an seinem Bauch herum. "Ragam, es ist nur eine kleine Show", flüsterte er zu sich selbst. "Um Ihnen mehr Frustration zu bereiten."

Die Flucht aus dem Gefängnis war allzu einfach. Wenn die Flüssigkeit rekombiniert würde, würde sie mit einer unvollkommenen Uhr überall hingehen. Ich hatte die Möglichkeiten bereits mehrmals getestet und war zuversichtlicher denn je. Egal wie dick oder verschlossen die Gefängnistüren waren, man konnte sie immer öffnen und verlassen.

"Ich bin bereit, eine Show wie diese zu veranstalten, um dich zu zerstören", lächelte Younghwan, lehnte sich an die Wand und schloss die Augen. Seiner Meinung nach war der nächste Schritt bereits in vollem Gange. Die perfekte Uhr wurde in meinem Kopf zu einem Bild.

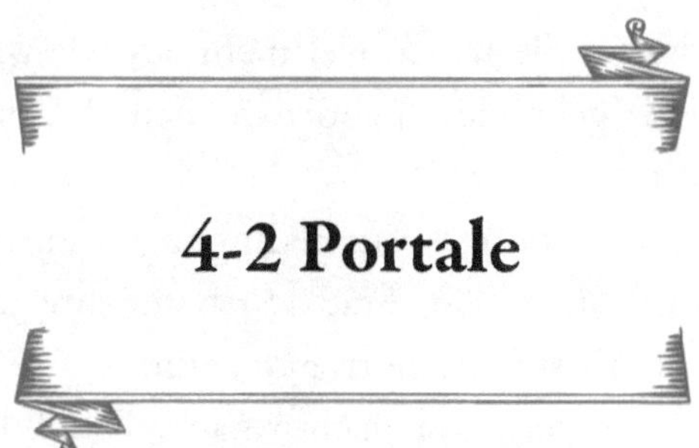

4-2 Portale

Kurz bevor er von Südkorea in Zusammenarbeit mit China verhaftet wurde, zerlegte Young-hwan die Armbanduhr, die das Geheimnis des Portals enthielt. Er begann, die komplexen Schaltkreise und Teile im Inneren der Uhr zu verschlingen, einen nach dem anderen. Es handelt sich um ein spezielles Nanomaterial, das nach langer Forschungszeit entwickelt wurde und jederzeit aus seinem Körper entnommen und wieder zu einer Uhr zusammengesetzt werden kann. Diese flüssige Substanz wird nicht einfach über das Verdauungssystem aufgenommen, sondern ist so konstruiert, dass sie durch eine spezielle Reaktion im Dickdarm zurückgehalten wird. Im Verhörraum der KI in Südkorea wurde sein Geheimnis jedoch gelüftet. Die KI erkannte die subtilen Signale, die von seinem Körper erzeugt wurden, und enthüllte, dass er die Existenz des Portals verborgen hatte. Als die Regierung diese Informationen hörte, war sie schockiert. Als sie von der Existenz der Teleportationstechnologie mit Hilfe von Portalen erfuhren, wollten sie sie sofort nutzen. Die Republik Korea konnte sich die Gelegenheit nicht entgehen lassen, als Hegemon nach vorne zu springen.

Er wurde heimlich zur Staatsanwaltschaft gebracht. Er schaute zur Seite, und die Augen der Staatsanwälte und Agenten stachen auf ihn ein.

"Wir brauchen Ihre Fähigkeiten", sagte der NIS. "Wir brauchen Ihr Gehirn, um die Republik Korea zu einer Supermacht zu machen. Arbeiten Sie mit uns. Wenn du das nicht tust, könnte es dich töten."

"Mr. Young-hwan, Sie haben viel mehr, als wir wissen", sagte der Staatsanwalt. "Ein geheimes Labor in den Vereinigten Staaten entwickelt ein Portal ...All das."

Die Regierung bot Young-hwan Bedingungen an. "Wir garantieren Ihnen Freiheit und Sicherheit. Stattdessen möchte ich, dass du die perfekte Uhr baust, die sich teleportieren kann."

Er schloss die Augen und dachte nach. Dann lächelte er und öffnete die Augen. "Ich kann mir diese Gelegenheit nicht entgehen lassen. Ich werde meine Fähigkeiten einsetzen, um die Republik Korea zu entwickeln." "Dies ist eine großartige Gelegenheit, meine unvollkommene Uhr in eine perfekte Uhr zu verwandeln", "Ich habe auch eine Krankheit. Bitte rufen Sie die Ärzte an, die in der Vergangenheit mit mir gearbeitet haben."

Die Regierung nickte zufrieden.

Er wurde von der südkoreanischen Regierung ohne Wissen der Öffentlichkeit in eine Forschungseinrichtung gebracht und durfte gegen lebenslange Haft an dem Projekt teilnehmen. Als die Ärzte, die in geheimen amerikanischen Labors gearbeitet hatten, von seinem Kommen erfuhren, zogen sie in die südkoreanischen Regierungslaboratorien. Die Ärzte diskutierten, warum sie nicht in der Lage waren, eine unvollkommene Uhr zu replizieren und zu entwickeln.

"Wir haben versucht, die perfekteste Uhr herzustellen, aber die Zeit wurde immer unregelmäßiger", sagte Dr. Han.

"Ja", stimmte der andere Arzt zu. "Anhand der ursprünglichen Baupläne konnten wir nur raten. Es war nicht genug."

"In seiner Abwesenheit schien unsere Zeit stillzustehen", fügte ein anderer Arzt hinzu. "Alle meine Bemühungen fühlten sich sinnlos an."

sagte Dr. Richard mit einem tiefen Seufzer. "Jetzt, wo er zurück ist, fangen wir von vorne an."

In diesem Moment öffnete sich die Tür und er trat ein. Die Weisen sahen ihn unisono an und lächelten strahlend. In einem geheimen

Labor in den USA war die Forschung an der Portaltechnologie lange Zeit ausgesetzt worden. Die Forscher haben es versäumt, das Material seiner Uhr nachzubilden, und waren nicht in der Lage, die Technologie zu replizieren oder zu entwickeln. Und heute wurden sie erneut mit ihm konfrontiert.

Der Konferenzraum war mit High-Tech-Geräten gefüllt, und um einen großen Tisch in der Mitte saßen die Ärzte, die im geheimen Labor zusammengearbeitet hatten.

Arzt 1: (mit angespanntem Gesicht) "Es ist schon eine Weile her. Es gelingt ihr weiterhin nicht, die Substanz der Uhr nachzubilden. Ohne die Originaluhren war es unmöglich, diese Technologie weiterzuentwickeln."

Younghwan: (lächelt) "Es ist nicht nur eine chemische Kombination. Es enthält Nanostrukturen, die ich speziell für mich entworfen habe. Wenn Sie das nicht wissen, werden selbst die besten Wissenschaftler nicht in der Lage sein, es zu replizieren."

Arzt2: (bestimmt) "Wir haben viele Dinge ausprobiert, aber wir waren nicht einmal in der Lage, auch nur annähernd an die Essenz der Substanz heranzukommen. Diesmal müssen wir Erfolg haben..."

Younghwan: (seine Augen schärfen sich) "Deshalb musst du unter meiner Aufsicht vorgehen. Nur wenn ich den gesamten Prozess kontrollieren kann, kann ich dieses Material replizieren und darüber hinaus zu einer perfekten Uhr machen. Es gibt keinen anderen Weg."

NIS: (Nach langem Nachdenken) "Okay. Ich akzeptiere Ihre Bedingungen. Wir brauchen unbedingt Ihre Hilfe, um die technologischen Fortschritte zu erreichen, die wir wollen."

Younghwan: (lächelt warm) "Oh, und danke, dass Sie das Geheimnis der Portaltechnologie in der Zwischenzeit bewahrt haben. Dank euch allen ist es nicht durchgesickert."

Labor Dr. 1: (in bescheidener Weise) "Wir haben einfach unser Bestes gegeben. Wir wussten um die Bedeutung dieser Technologie, daher war es uns wichtig, sie geheim zu halten."

Younghwan: (mit ernster Miene) "Danke für Ihr Vertrauen. Diese Technologie hat die Macht, die Zukunft der Menschheit zu verändern."

Younghwan: (lächelt) "Von nun an kannst du meinen Anweisungen folgen. Bitte teilen Sie alle Ihre bisherigen Recherchen. Mal sehen, was wir falsch gemacht haben."

Die Luft im Konferenzraum wurde weicher. Die Forscher waren erleichtert, als sie Younghwans Worte des Vertrauens und der Dankbarkeit hörten. Sie beschlossen, sich neu zu gruppieren und sich auf die Wiedereröffnung des Portals vorzubereiten.

MONATELANG HERRSCHTE Stille im Konferenzraum des Regierungslabors.

Die perfekte Uhr kreieren

Nach vielen Misserfolgen und Herausforderungen gelang es Young-hwan und seinem Team schließlich, nicht nur den Träger der Uhr, sondern auch andere Materialien zu bewegen. Schließlich erreichten sie das Stadium, in dem sie das Portal verstärkten, damit sie auch andere bewegen konnten.

"Endlich sind wir da. Jetzt ist es an der Zeit, die Leute zu bewegen", sagte Younghwan aufgeregt.

"Aber es gibt noch viele Herausforderungen. Wir müssen uns immer bewusst sein, dass wir uns irren können", sagte James nachdenklich.

Tiefenlabor des Instituts. Schweigend eilte er den letzten Schritt der Uhr. Seine Hände bewegten sich präzise und setzten kleine Teile aus Nanomaterialien zusammen. Schließlich blinkte er selbstbewusst auf seine Uhr, als hätte er alle Geheimnisse der Welt erfasst

Younghwan: (emotional) "Endlich...Es ist die perfekte Uhr."

Die Uhr funkelte in seiner Hand. In diesem Moment war das gesamte Labor in ein helles Licht getaucht. Er legte die Uhr an sein Handgelenk und öffnete vorsichtig das Portal. Als die Uhr brüllte, erfüllte ein blendendes Licht das Labor. Als ob es die Geheimnisse des Universums enthalten würde, umhüllte Licht das Labor.

Younghwan: (aufgeregt) "Wir haben es geschafft...Jetzt kann jeder mit mir überall hingehen."

Dr. Richard: (überrascht) "Ich kann nicht glauben, dass das möglich ist."

Younghwan: (lächelt) "Wir haben es geschafft, Sir. Jetzt können wir alles damit machen."

Forscher und Physiker versammelten sich im Raum. Während sie Younghwans Erfolg feierten, spürten sie auch eine Bitterkeit in ihren Herzen.

Labor Dr. 1: (Leicht) "Ist das wirklich das Richtige…"

Labor Dr. 2: (nickt) "Wissenschaftlicher Fortschritt bringt Freude und Angst."

Während sie den nächsten Sprung der Menschheit nach vorne feierten, wussten sie nicht genau, was sie über die Zukunft befürchteten, die die Technologie bringen würde. Die Ärzte spürten nur ein wenig von der Last des Erfolgs und den Gefahren, die vor ihnen lagen.

Im Konferenzraum des Labors wurde es wieder still. Die perfekte Uhr wurde in der Mitte des Labors versiegelt.

NIS: (lächelt) "Diese Uhr wird ein wichtiges Werkzeug sein, um die Zukunft der Menschheit zu verändern. Lassen Sie uns gemeinsam diese Technologie nutzen, um die Welt zu einem besseren Ort zu machen. Ich werde für eine Weile gehen, um meinen Vorgesetzten Bericht zu erstatten!"

Younghwan: (lächelt leicht) "Ja, dank euch allen habe ich es bis hierher geschafft. Vielen Dank. Ich muss auf die Toilette."

Er trat in den dunklen Flur hinaus. Er setzte die perfekte Uhr aus der versiegelten Kapsel wieder auf, ohne dass die Ärzte es wussten, und stand in der Ecke des Flurs und starrte sie an. Die Uhr leuchtete immer noch an seinem Handgelenk und war bereit, ihn überall hin zu bringen. Er drückte den Knopf auf seiner Uhr, um die Einstellung zu beenden, und flüsterte leise:

Younghwan: (leise) "Jetzt ist es an der Zeit, meinen wirklichen Plan zu beginnen."

DIE UHR BEGANN HELL zu leuchten. Ein strahlendes Licht erfüllte den Flur und schimmerte wie ein Regenbogen. Sein Körper wurde immer durchsichtiger, als er vom Licht umgeben war. In diesem Moment begann er, sich an den Ort zu begeben, den er eingerichtet hatte. Sein Körper verschwand im Licht. Die Luft im Labor bebte für einen Moment und ließ ihn leer zurück. Die Forscher, die sein plötzliches Verhalten nicht bemerkten, waren damit beschäftigt, Aufzeichnungen über ihre Forschung zu führen.

Nach einer Weile bemerkte es einer der Doktoren des Instituts und rief mit panischer Stimme:

Dr. 2: "Young-hwan? Wo bist du, Younghwan?«

Er war bereits weit weggezogen. Er lief in einem dunklen Luftschutzbunker durch das Gefängnis. Er fand heraus, wo sie gefangen war. Sie wurde unter den harten Bedingungen und der harten Arbeit immer schwächer, aber sie hielt für ihren Sohn durch. Sie lag auf dem Rücken in der Dunkelheit mit dem Baby auf dem kalten Boden. Plötzlich ging ein kleines Licht im Raum an. Im Licht des Lichtes erschien er. Ihre Augen weiteten sich vor Überraschung, als sie ihn sah. "Young-hwan? So geht's...Ich konnte nicht weitermachen.

Sagte er mit einem Lächeln. "Ich bin hier, um dir zu zeigen, dass es keine Hoffnung gibt, Ragam."

Er erklärte, wie die Uhr funktionierte, wie er hierher kam und was noch kommen würde. "Ich kann dieses Gerät benutzen, um jederzeit zu Ihnen zu kommen. Wo auch immer du bist, du kannst meiner Berührung nicht entkommen. Egal, wie sehr du dich für deinen Sohn bemühst, deine Zukunft ist hoffnungslos."

Tränen stiegen ihr in die Augen, als sie ihm zuhörte, und sie schrie ihn an. "Younghwan, bitte hör auf! Ich bin schon genug bestraft worden!"

Sagte er kalt und ignorierte ihre Schreie. "Dein Leiden ist nichts im Vergleich zu dem, was ich gelitten habe. Du hast mich ignoriert, du hast mein Selbstwertgefühl mit Füßen getreten. Jetzt müssen Sie den Preis dafür zahlen." Er fuhr mit einem sarkastischen Lächeln fort. "Du hast gemerkt, dass du mir auch hier nicht entkommen kannst, oder?" "Ich werde dir zeigen, wie viel Kontrolle ich über dich haben kann."

Sie war zu verängstigt, um sich zu bewegen. Und als er sich daran erinnerte, wie er in der Vergangenheit neben seiner schlafenden Familie erschienen war, wurde ihm klar, dass es nicht nur ein Traum war.

"Wenn ja, warst du noch nie mit deiner Familie zusammen..."

"Das war auch kein Traum", nickte Younghwan. "Ich bin damals durch das Portal gegangen. Aber ich konnte dich nicht herausholen."

Als ich es nicht verstand, fragte ich ihn erneut, warum er es nicht bei seiner Entführung verwendet hatte. "Warum hast du es damals nicht genutzt? Du hättest nicht nach China schmuggeln müssen", sagte sie mit einer Mischung aus Neugier und Angst.

Er sah sie mitleidig an, da sie nicht verstand, was sie sagte, und öffnete langsam wieder den Mund. "Zu dieser Zeit war ich der Einzige, der das Portal betreten konnte, das von einer unvollkommenen Uhr geöffnet wurde. Es war unmöglich, andere Menschen oder Dinge zu bewegen."

Sie konnte immer noch nicht genau verstehen, was er sagte, aber es war ihr klar, dass sie sich seinem Griff nicht entziehen konnte. Ich sah ihn nur mit Tränen in den Augen an.

Er gab eine letzte Warnung und verschwand durch das Portal.

»Denk daran, Ragam. Du kannst mir nie entkommen. Wo auch immer du bist, ich werde dich immer beobachten."

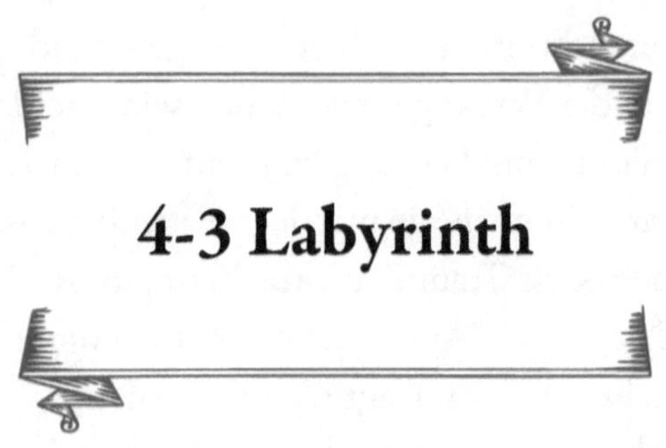

4-3 Labyrinth

Als er verschwand, begab er sich in ein privates Geheimlabor in den Vereinigten Staaten. Mit diesem Experiment wollte er die Grenzen des Planeswalking verschieben und sie an einen Ort schicken, den wir noch nicht erlebt hatten. Die Portaltechnologie hatte ihm bisher geholfen, seine Ambitionen zu verwirklichen, aber sie hatte immer noch klare Grenzen. Jenseits der Sicht- oder Sinnesbeobachtung war eine Teleportation durch das Portal unmöglich.

Der Mars könnte portalisiert worden sein, weil ein Großteil seiner Topographie und Umgebung bereits von Sonden und Satelliten beobachtet worden war, aber die Venus war anders. Um zur Venus zu gelangen, brauchten sie einen anderen Weg. Die Venus schien aufgrund ihrer einzigartigen Atmosphäre und extremen Umgebung nicht überlebensfähig. Nach jahrelanger Forschung entdeckte er jedoch, dass nur das XX-Chromosom auf der Venus überleben konnte. "Die Atmosphäre der Venus ist mit Wolken aus Schwefelsäure und Kohlendioxid gefüllt, was für die meisten Lebewesen auf der Erde tödlich ist, aber Frauen mit XX-Chromosomen haben spezielle Proteine in ihrem Körper, die die Giftstoffe der Venus in harmlose Formen umwandeln."

Diese Proteine wurden vom weiblichen Körper durch Kombination mit Genen hergestellt, die nur in bestimmten Umgebungen exprimiert wurden, und wenn sie mit Schwefelsäure und Kohlendioxid von der Venus in Kontakt kamen, bildeten sie eine Art bioprotektive Barriere. Dieser Schild blockiert äußere Giftstoffe und nutzt sie gleichzeitig als Energiequelle, um Lebewesen beim Überleben zu helfen. Er wählte sie als Testperson aus und nutzte die Tatsache, dass nur Frauen mit XX-Chromosomen auf der Venus überleben konnten.

Er brachte sie und ihren Sohn aus Nordkorea, während sie schliefen, und legte sie in eine Kapsel tief in einem geheimen Labor. Die Kapsel hatte die Form einer transparenten Kuppel und das Innere war mit kaltem, künstlichem Licht gefüllt. Sie war bewusstlos, aber jedes Gerät um sie herum scannte und analysierte ihren Körper mit Präzision.

An den Wänden des Labors waren verschiedene Maschinen und Monitore installiert, und Grafiken und Daten, die ihre physischen Informationen in Echtzeit zeigten, bewegten sich schnell. Er untersuchte die Daten und überprüfte alle möglichen Zahlen. Die Kapsel schloss sich lautlos, und die Maschinerie im Inneren setzte ein. Im Inneren der Kapsel wurden hochauflösende Kameras installiert. Diese Geräte zeichneten die Struktur aller ihrer Zellen und Gewebe auf. Das Licht streifte über ihre Haut und beleuchtete das Innere ihres Körpers wie ein durchsichtiges Glas. Sie verfolgten die elektrischen Signale, die durch ihr Nervensystem liefen, und maßen genau ihren Blutfluss, ihre Herzfrequenz und sogar ihre Atemmuster. Sobald alle Daten gesammelt waren, wurde ein holografischer Projektor an der Oberseite der Kapsel aktiviert. Ein Projektor verwandelte ihren Körper in ein 3D-Modell und projizierte es in die Luft. Das Hologramm wurde lebendig und exquisit wiedergegeben, als wäre sie so neu erfunden worden, wie sie war.

Younghwan schaute zwischen dem Hologramm und ihrem Gesicht in der Kapsel hin und her. "Ich weiß nicht, warum du hier bist. Aber die Tatsache bleibt, dass Sie der einzige sind, der zur Venus gehen kann", fuhr er fort, indem er ihr eine Spritze in den Arm steckte und ihr langsam die Droge injizierte. "Wenn dieses Experiment gelingt, wird die Venus unser neues Zuhause sein. Aber wenn du versagst, wird er auch meine Rache vollenden."

Sie lag immer noch in einem tiefen Schlaf. Ich habe ihn nicht einmal gehört. Ihr Körper war in seinen Händen, und alles lief nach seinem Plan. Er nickte und überprüfte noch einmal die Daten auf dem Computerbildschirm. Dann manipulierte er das Bedienfeld des Labors und überprüfte ein letztes Mal alle Systeme. "Okay, fangen wir an."

In der Mitte des Labors befand sich ein glänzendes Raumschiff. Dieses Raumschiff war das Werk seines eigenen Designs. Das hochtechnisierte Raumschiff wurde speziell gebaut, um der rauen Umgebung der Venus standzuhalten.

Am nächsten Tag kam der Tag des Starts des Raumschiffs. Sie war bewusstlos und an einen festen Stuhl im Raumschiff gefesselt. Um sie herum befanden sich eine Vielzahl von medizinischen Geräten und Überwachungsgeräten, die er hergestellt hatte.

»Seid ihr bereit?« fragte er sich.

Die Motoren des Schiffes laufen, und mit einem gewaltigen Lärm ist es bereit zum Ablegen. "Zehn Sekunden vor dem Abflug des Raumschiffs", ertönte eine automatische Stimme. Er starrte nervös auf den Monitor.

"10, 9, 8, 7, 6, 5, 4, 3, 2, 1, los!"

Mit einer gewaltigen Explosion stieg das Schiff in den Himmel. Er murmelte vor sich hin, während er die Szene von der Erde aus beobachtete. "Jetzt werden die Tore der Venus geöffnet. Wir treten in eine neue Ära ein."

Die Raumsonde verließ die Erde mit einem starken Schub und flog in Richtung Venus. Sie war im Moment bewusstlos, aber er beobachtete ihren Zustand und wartete auf die Ergebnisse des Planeswalk-Tests. Wenige Stunden später erreichte die Raumsonde die Umlaufbahn der Venus. Er überprüfte ständig ihren Zustand und sah zufrieden aus.

"Der Dimensionswandler beginnt zu arbeiten."

Als er die Uhr berührte, begann sich ein blendendes Licht zu ergießen, das sich in schillernden Farben bewegte und das Hologramm umhüllte. Das Licht bewegte sich mit Präzision und Geschmeidigkeit, wie ein Laser, der ihren Körper scannt. Lichtwellen wurden durch das Hologramm zu ihrem physischen Körper übertragen, und das Hologramm wurde allmählich in das Licht gesaugt. Das Licht wurde intensiver, umhüllte ihr Hologramm vollständig und zog es in die Mitte des Portals. Als sie die maximale Leistung der Uhr ausreizte, verschluckte das Licht ihr Hologramm vollständig, und als sich das Portal schloss, wurde sie aus dem Inneren des Raumschiffs zur Venus transportiert. Dieser Moment war das Herzstück des Experiments. Ihr Körper wurde ihm auf der Erde zusammen mit anderen Daten übermittelt.

Er konnte sie durch ein 3D-modelliertes Hologramm genau dorthin schicken, wo er sie haben wollte. Er schaute noch einmal auf seine Uhr und murmelte leise: "Erfolg."

"Jetzt können wir die Tür zu einer neuen Dimension öffnen."

In der Zwischenzeit versetzte sein Verschwinden die Welt in Aufruhr. Die Republik Korea schickte immer Agenten, um ihn im Auge zu behalten, aber als er Erfolg hatte, wurde er für einen Moment überrascht. Mit dem Verschwinden wurden die Aktivitäten des staatlichen Forschungsinstituts der Welt enthüllt, und jedes Land wurde auf den Fall aufmerksam.

US-Geheimdienstgruppen begannen, südkoreanische Regierungslabore zu untersuchen. Überwachungskameras wurden installiert, und die CIA wurde entsandt, um das Gebiet um das Labor genau zu überwachen. Ich versuchte auch herauszufinden, welche Forschung das Institut betrieben hatte und was sich seit seinem Verschwinden verändert hatte.

Das Institute of Personal Secrets in den Vereinigten Staaten wurde ebenfalls vom FBI untersucht. Durch die beiden Untersuchungen konnten die Geheimdienste sowohl die Aktivitäten als auch die Forschung des Instituts identifizieren.

Die Führer wurden immer ängstlicher.

Der Präsident der Vereinigten Staaten hatte Schwierigkeiten, mit der Situation umzugehen. "Was ist hier los?", fragte er den Stabschef. "Untersuchen Sie, wohin er gegangen ist."

Chinas Präsident konnte seine Wut nicht kontrollieren. "Erkläre, wie das passiert ist!"

Der Präsident Russlands äußerte sein Misstrauen. "Wenn das so weitergeht, wird unsere nationale Sicherheit bedroht sein. Beenden Sie die Portalforscher sofort."

Regierungsagenten aus jedem Land durchsuchen die Welt, beschlagnahmen relevante Labors und führen Operationen durch, um Forscher zu entlassen.

Genauso war es mit Nordkorea. Young-hwan bot eine astronomische Summe von Dollar für Verhandlungen mit Nordkorea an, um Ragam-i zur Seite zu bewegen, aber am Ende gab er keine Informationen über das Portal heraus. Als Reaktion darauf sagte Nordkorea auch, dass alle Physiker eliminiert werden sollten.

Das Gebäude des Ministeriums für Staatssicherheit im Herzen von Pjöngjang. Der Konferenzraum war mit dunkler Holzvertäfelung und einem roten Teppich dekoriert, der eine gediegene Atmosphäre schuf. An einer Wand hing ein riesiges Porträt von Kim, und Kabinettsminister saßen um einen langen, stabilen Tisch in der Mitte des Raumes. Kim runzelte oben im Raum die Stirn. Während des gesamten Treffens war sein Blick kalt und entschlossen. Schließlich schlug er auf seinen Schreibtisch und erhob seine Stimme.

"Weißt du, wie ernst diese Situation ist?", erfüllte seine Stimme den Raum und alle Anwesenden senkten ihre Köpfe. "Wir haben die Dollars, die wir eingezahlt haben, gesichert, aber die

Portalinformationen haben unsere Hände verlassen. Er hat uns verraten!"

Portalinformationen haben unsere Hände verlassen. Er hat uns verraten!"

Anführer Kim schwieg einen Moment und schien die Dinge zu klären. Dann sah er sich noch einmal im Zimmer um und gab Befehle. "Stellen Sie sicher, dass sie in einem nordkoreanischen Gefängnis ist. Wenn Sie hier sind, melden Sie es sofort. Alle Verantwortlichen für diesen Vorfall werden bestraft."

Die im Konferenzraum versammelten hochrangigen Beamten hörten Kim zu und waren erschrocken über seine Wut. Kim warf die Papiere in seiner Hand auf den Tisch und rief: "Jetzt sind wir an der Reihe, Vergeltung zu üben."

Ein Beamter sprach vorsichtig. "Genosse Anführer, haben Sie einen bestimmten Plan, wie Sie Vergeltung üben können?"

Führer Kim antwortete mit einem nüchternen Gesichtsausdruck. "Wir müssen Physiker loswerden. Die Informationen, die sie uns versprochen haben, sind jetzt nutzlos. Von ihnen ist nichts zu gewinnen. Du musst den Preis für diesen Verrat bezahlen."

Jeder im Raum spürte die Wut des Anführers und war angespannt. Er beendete das Treffen mit seinen letzten Anweisungen.

"Zuallererst müssen wir die Spuren unserer Vereinbarung mit ihm verwischen. Wenn diese Situation nicht korrigiert wird, wird sie von den Großmächten stark bedroht sein. Die Leiter aller Abteilungen sollten sofort handeln und sicherstellen, dass sie meine Anweisungen befolgen. Diese Sitzung ist geschlossen."

Der Anführer stand auf, und alle im Raum standen einstimmig auf. Führer Kim ging ohne einen Moment zu zögern aus der Tür, und die hochrangigen Beamten verließen nacheinander den Konferenzraum.

Der Raum war wieder still, aber alles, was blieb, war die beängstigende Wut des Führers und die Dringlichkeit seiner Minister, schnell zu handeln. Als Notfallmaßnahmen ergriffen wurden, um sicherzustellen, dass sie noch im Gefängnis war, kehrten sie alle in ihre jeweiligen Positionen zurück und bewegten sich schnell.

Nachdem sie von den Portalen und Teleportationsinformationen erfahren hatten, wandten sich Regierungsvertreter aus mächtigen

Ländern, darunter die Vereinigten Staaten, China und Russland, an die Forscher. Alle Länder hielten ihre Forschung für sehr gefährlich.

"Sie sollten sich bewusst sein, wie gefährlich das ist", sagte ein Agent in den Vereinigten Staaten. "Teleportation durch Portale ist eine Technologie, die die Sicherheit von Nationen ernsthaft bedrohen kann. Du musst aufhören."

Der chinesische Agent sprach in einem harten Ton. "Wir stellen die Sicherheit unseres Landes an erste Stelle. Wenn Sie diese Technologie ohne Erlaubnis einsetzen, könnte dies der Beginn eines Krieges sein."

Sagte der russische Agent ruhig. "Wir verstehen, dass dies zu einer internationalen Krise führen könnte. Forscher sind zwangsläufig unsere Gegner."

Die Forscher waren verblüfft. Sie wollten die Welt zu einem besseren Ort machen, aber sie erkannten, dass ihre Forschung als Werkzeug für Konflikte zwischen Nationen eingesetzt wurde. Schließlich entschieden sich Regierungsagenten und beschlossen, die Forscher zu entlassen. Diese Entscheidung war unmoralisch und schmerzhaft, aber es war das Handeln der Führer, die die Realität akzeptierten, dass dies zu einer noch größeren Katastrophe führen könnte.

Gehen Sie zur Raumstation

Nachdem das Experiment erfolgreich war, öffnete Younghwan das Portal seiner Armbanduhr wieder, um ihr Hologramm zu beleuchten. Dann wechselte sie von der Venus zu einer privaten Raumstation in der Erdumlaufbahn. Younghwan brachte ihren Sohn dann zur Raumstation, wo sie sich befand. Es war still und warm, und ich konnte das Blau der Erde durch das Fenster sehen. Durch das Weinen des Babys geweckt, sah sie Younghwan verwirrt an.

"Ragam, es ist mir eine Freude, dich wiederzusehen", sagte Younghwan langsam, als sie wieder zur Besinnung kam. Sie kam wieder zu sich und sah sich um.

»Wo ist das?« fragte sie mit ängstlicher Stimme.

"Dies ist mein Königreich. Eine geheime Raumstation in der Erdumlaufbahn. Es ist speziell für dich gemacht", sagte er und näherte sich.

"Du bist jetzt nicht nur mein Testobjekt, sondern du wirst auch ein Werkzeug für meinen Spaß sein", sagte er und sah von oben auf sie herab.

»Dein Schmerz und deine Angst sind mir eine große Freude«, flüsterte er leise und berührte ihr Gesicht.

Sagte er mit einem kalten Lächeln. »Hier sind Sie mein Eigentum. Niemand wird kommen, um dich zu retten."

Sie konnte die Erde durch das Fenster der Raumstation sehen. Der blaue Planet war immer noch schön, aber es schien ein unerreichbarer Traum zu sein.

"Willst du die Erde sehen? Aber du kannst nicht dorthin zurückkehren", sagte Younghwan und schwelgte in ihrer Verzweiflung. Er betrachtete ihr Leiden als einen Sieg für sich selbst.

"Jetzt spiel mit mir. Dein Schmerz wird mir eine große Freude sein", sagte Younghwan und konnte sein Lachen nicht zurückhalten. Er schwelgte in ihrer Hilflosigkeit. Gefangen in seinen Fängen musste sie

Schikanen und Demütigungen hilflos ertragen. Sie hatte keinen Ort, an den sie fliehen konnte, keine Hoffnung. Er quälte sie endlos.

Sagte Ragam ernst mit Tränen in den Augen. "Younghwan, verschwinde von uns. Ich habe mich geirrt. Aber hören Sie jetzt auf. Was ist mein Sohn schuldig?"

Er schwieg einen Moment, dann sprach er kalt. "Ihr Sohn ist unschuldig. Aber man muss die Verantwortung für seine Handlungen übernehmen, und ich wollte sichergehen, dass man es weiß. Du hättest mich nicht anfassen sollen."

Durch die kalten Metallwände der Raumstation spürte Ragami, wie seine Hoffnungen auf eine Rückkehr zur Erde schwanden. Younghwan ging mit dem Flugzeug auf sie zu und dominierte sie in seinen Gedanken. Sie klammerte sich wie ein Parasit an seinen Verstand, aber selbst dieser Raum wurde kleiner.

"Du wirst für immer in meinem Kopf gefangen sein", sagte Younghwan. Sie wollte seinen Worten widerstehen, aber ihr Körper und ihr Geist waren schwer und sie konnte nichts tun.

"Warum belästigst du mich so sehr?", fragte sie und nahm ihre letzten Kräfte zusammen. Er ignorierte sie und begann mit dem Planeswalk. Sie verließen die Raumstation und wurden im Handumdrehen in eine andere Dimension transportiert. Es war ein endloses Ödland, und sie spürte, wie sich eine kalte Verzweiflung aus ihren Zehen kroch. Und er führte sie in die Tiefen seines eigenen Geistes. Sie lebte in seinem Geist, gefangen in der Dunkelheit, in den Halluzinationen, die er zeigte. Es war ein Ort, an dem sich seine schrecklichen Albträume und Wünsche vermischten. Sie versuchte zu entkommen, aber sie spürte, wie sie sich immer mehr an seinen Geist hing.

"Ich kann hier nicht raus...Ich kann nicht raus...." Sie schrie unaufhörlich vor sich hin. Er fuhr fort, sie zu manipulieren, als würde er in ihrer Verzweiflung schwelgen. Er bewegte sie aus eigenem Antrieb und zog sie tiefer in die Dunkelheit.

"Jetzt bist du ein Teil von mir. Du wirst für immer bei mir leben",
murmelte er. Sie verlor langsam ihre Existenz.

In einem Moment zerrte er sie durch den Weltraum, im nächsten
durchquerte er die Erde mit Lichtgeschwindigkeit und überschritt
dabei die Grenze zwischen Realität und Fantasie. Irgendwann wurde
sie ins Jenseits versetzt, wo die Geister der Toten aufstiegen und sie
umgaben. Sie erschienen wie Geister, die ihn stärkten, und vereinten
sich in ihrem Rachefeldzug.

Manchmal waren Zeit und Raum verzerrt, und sein Labyrinth
schien sich zwischen Vergangenheit und Zukunft hin und her zu

bewegen und Epochen zu durchqueren. Er kämpfte gegen sie in der antiken Arena und im nächsten Moment spürte er sie in einer futuristischen Stadt mit fortschrittlicher Technologie auf. Auf diese Weise entfaltete sich seine Rache in einem schwindelerregenden und komplexen Labyrinth, und er reiste weiter durch die Vergangenheit, die Zukunft, das Universum und sogar das Jenseits, um sich zu rächen. Mit der Zeit erlangte sie die vollständige Kontrolle über ihren Körper und Geist. Aber allmählich verlor er das Interesse an ihrem Schmerz und ihrer Verzweiflung. Ihre Schreie, ihre Ängste waren nicht amüsiert. In einer ruhigen Ecke der Raumstation saß er ihr gegenüber und begann ein herzliches Gespräch. Sie war immer noch verwirrt, aber sie meldete sich zu Wort, überrascht von seiner Veränderung.

"Ich glaube, ich verstehe jetzt, warum du das getan hast", sagte Ragami vorsichtig.

Younghuan seufzte tief und nickte. Er reichte ihr eine Tasse Tee und sah ihr in die Augen. "Von nun an werde ich dich frei denken lassen. Ich möchte ein aufrichtiges Gespräch mit Ihnen führen. Wenn ich dich mag, werde ich dich zurück auf die Erde schicken."

Ragam Yi war überrascht von Younghuans Worten, aber sie war ein wenig erleichtert, als sie seinen ernsten Gesichtsausdruck sah. "Kann es wirklich sein? Du hast mich so sehr gequält?«

"Ja, ich kann mich ändern. Du auch«, sagte er und ergriff ihre Hand. "Wenn wir uns verstehen können, werde ich dich wieder freilassen."

Sie unterhielten sich lange. Sie war ehrlich über ihren Schmerz und ihre Ängste, und sie war wirklich offen.

"Wenn du mich wirklich zur Erde zurückschicken kannst, nehme ich dich beim Wort", sagte sie leise.

Younghwan nickte und ließ ihre Hand los. "Wenn du willst, werde ich es tun. Ich will dir nicht noch mehr Schmerz bereiten."

Younghwan wollte ihr Gehirn mit seinem eigenen verbinden, damit sie Gefühle austauschen konnten. Der Zweck war, zu sehen, wie aufrichtig ihre Worte waren und wie aufrichtig sie in Reue war.

Er bereitete eine Maschine vor, um Gehirne ineinander zu transplantieren, und implantierte ihr sein Gehirn mit einem mysteriösen Gerät. In dem Moment, in dem sein Gehirn auf sie übertragen wurde, sickerte das Bewusstsein in ihren Körper ein. Inmitten von Schmerz und Verwirrung beginnen sie, das Bewusstsein und die Emotionen des anderen zu erleben. Als die Maschine ernsthaft zu arbeiten begann, fühlte sie den gleichen Schmerz und die gleiche Wut wie Younghwan. Der Hass und die Wut, die sich in seinem Herzen aufgebaut hatten, fühlten sich an wie ein Messer, das ihr Herz durchbohrte. Sie fiel auf die Knie und fühlte sich so angespannt, dass sie nicht atmen konnte. Younghwan lächelte bitter über den Ausdruck auf ihrem gequälten Gesicht.

"Mal sehen, ob du Recht hast", flüsterte Younghwan ihr zu. "Nur dann können wir uns verstehen."

Sie schloss die Augen und kämpfte, um den Schmerz zu ertragen. Tief in ihrem Inneren stellte sie sich ihrer Schuld. In diesem Moment erkannte sie, dass es etwas an ihr gab, das sie inmitten seines Schmerzes und seiner Wut hielt. Es war die Wurzel ihres Selbst, die sie nicht verloren hatte. Beethovens inbrünstige Musik hallte durch das Raumschiff. Das Geräusch erschütterte ihr Inneres, und sie und er begannen vor Schmerzen zusammen zu tanzen. Ihre Bewegungen waren inmitten der Kakophonie seltsam harmonisch, und in diesem Augenblick brach sie zum ersten Mal in Gelächter aus.

"Wir sind dazu verdammt, wie Sandburgen auseinanderzufallen", mühte sie sich zu sagen. "Etwas in mir ändert sich nicht. Es hält mich am Laufen."

Das Lachen erregte eine andere Emotion in seinem Herzen. Dann schwieg er einen Augenblick, nachdem er sie gehört hatte. Ein bitteres Lächeln huschte über sein Gesicht. Er konnte nicht verstehen, was sie sagte, aber er wusste intuitiv, dass an dem, was sie sagte, etwas Wahres dran war. Er wusste, wie ihre Ängste sie überwältigt hatten und wie seine Besessenheit zu Rache geführt hatte.

Ihre Beziehung zu ihm war wie eine riesige Maschine aus 100 Zahnrädern. Während das erste Rädchen eine Umdrehung machte, fuhr das verwickelte Rädchen nur eine Zehnteldrehung. Als sie 10 Sekunden lang Schmerzen ertragen musste, spürte Younghwan das Gewicht des Schmerzes nur eine Sekunde lang. Wenn sie 35 Sekunden brauchte, um das Licht der Hoffnung zu finden, konnte Younghwan alle ihre Hoffnungen in nur 3,5 Sekunden zerstören. Die Mechanismen, durch die sich die Zahnräder dieser Zahnräder drehten, waren endlos miteinander verflochten. Je schneller der eine drehte, desto langsamer der andere und umgekehrt. Er hatte die Kontrolle über diese Beziehung. Was er jedoch nicht wusste, war, dass ihr unveränderliches Selbst tief in ihrem Inneren sie beschützen würde. Und dass es sie am Ende retten könnte. Sie erkannte, was es brauchte, um dieses Rädchen im Getriebe zu brechen. Wenn das 100. Rädchen erzwungen wird, muss das erste Rädchen die Lichtgeschwindigkeit überschreiten. Das war physikalisch unmöglich. Aber er hoffte, dass die Beziehung irgendwann zu einem Ende kommen würde, wenn Kräfte jenseits des Universums am Werk wären.

Sie brauchte nahezu unendliche Kraft, um ihm zu entkommen. Er begann, diese Stärke in sich selbst zu finden. Es war ein Glaube an sich selbst, den sie so lange verloren zu haben glaubte. Ich habe diesen Glauben wieder entfacht.

Ein paar Tage vergingen, und Younghwan kam auf sie zu, um ihr das bittere Gefühl zu bekräftigen. Dann lächelte sie. "In mir steckt mehr Kraft, als du denkst", erwiderte er ruhig. Er tat, als ob er es nicht hörte, und startete die Maschine. Dann brach ein blaues Licht aus der Tiefe ihres Körpers hervor und begann, die Mechanismen des Zahnrads zu verzerren. Ihr Glaube war fast unendlich, und die Rädchen hörten langsam auf.

Er war fassungslos. Er merkte, dass ihm langsam die Kontrolle entglitt. "Was ist los?!", rief er panisch aus. Sie sah ihm in die Augen und sagte: "Es ist eine Kraft jenseits des Universums am Werk."

Die beiden standen sich im Zentrum der zukünftigen Metropole gegenüber, einer Stadt, die sich unter einer massiven Glaskuppel ausbreitete.

"Wenn wir hier rauskommen wollen, müssen wir dieses Labyrinth gemeinsam lösen", sagte er bestimmt.

Sie nickte zustimmend. Younghwan manipulierte die Uhr an seinem Handgelenk, um die Tür zu öffnen. Gemeinsam betraten sie das Labyrinth. Das Labyrinth war ein kompliziertes Gebilde, das mit ständig wechselnden Neonlichtern und Hologrammen gefüllt war. Als wir das erste Tor erreichten, teilte es sich in zwei Wege. Einer war ein Pfad mit blauem Schein und der andere war ein Pfad mit einem rötlichen Schein. Er schaute sie an und sagte: "Die blaue Straße steht für die Wahrheit und die rote Straße für den Schmerz. Die Wahl liegt bei Ihnen."

Sie dachte einen Moment darüber nach und wählte dann den blauen Weg. Als sie dem blauen Pfad folgten, erschien vor ihnen ein Hologramm aus unzähligen Erinnerungsfragmenten. Sie dachte an die Momente, in denen ihre vergangenen Fehler ihn verletzt hatten. Er weinte, als er über seine Taten nachdachte. Aber er schaute es sich an und sagte kalt: "Wir haben noch nicht einmal angefangen."

Am zweiten Tor mussten sie die Barriere der Zeit überqueren. Sie bewegten sich vorwärts und erlebten die Ereignisse, die in ihren jeweiligen Zeitzonen stattfanden. Kriege im 20. Jahrhundert, die technologische Revolution im 21. Jahrhundert und der Klimawandel im 22. Jahrhundert. Durch all dies erkannte sie die Logik der menschlichen Natur und Macht.

Das letzte Tor war die Welt des Geistes. Sie standen unter einer riesigen transparenten Kuppel. Younghwan drehte sich zu ihr um und sagte: "Das ist meine letzte Wahl. Um hier rauszukommen, musst du den Schlüssel zu wahrer Veränderung finden."

Sie zögerte einen Moment, dann schaute sie tief in sich hinein. Ich akzeptierte die Vergangenheit und entschuldigte mich aufrichtig bei ihm. In diesem Moment öffnete sich die Tür zur Kuppel. Gemeinsam machten sie sich auf den Weg aus dem Labyrinth und zurück zum Schiff. Er nahm ihre Hand und sagte: "Jetzt hast du die wahre Freiheit gefunden."

In diesem Moment hörten die Zahnräder vollständig auf und sie war frei von seiner Kontrolle. Sie wurde von seinem Schmerz und seiner Wut befreit, und sein Verständnis und seine Empathie füreinander vertieften sich in seiner Bitterkeit. Sie erhob sich über den Schmerz, den sie erlebt hatte, nicht mehr an die Vergangenheit gebunden. Jetzt war er bereit, sein eigenes Licht zu finden.

Der blaue Planet kam langsam näher. Sie bereitete sich darauf vor, zur Erde zurückzukehren und ihren Kopf frei zu bekommen. Die Erfahrung mit ihm machte einen großen Unterschied für sie. »Ich konnte Sie verstehen. Ich werde all den Schmerz der Vergangenheit nicht vergessen, aber ich werde mich nicht davon brechen lassen."

Younghwan sah sie an und nickte. "Ich möchte, dass du ein neues Leben beginnen kannst. Ich werde eine neue Moral finden. Eine neue Reihe von Werten, die wir alle brauchen."

Sie lächelte über seine Worte. "Ich werde eine neue Moral finden. Ich möchte all das dichotome Denken von Mann und Frau, Gut und Böse, Dunkelheit und Licht überwinden und neue Werte entdecken. Vielleicht werden wir so wirklich frei sein."

"Es ist Zeit, zur Erde zu gehen", sagte Younghwan mit mürrischer Stimme. "Sie und Ihr Sohn werden zurückkehren können. Aber deine Tochter muss mit mir zum Mars", sagte er bestimmt. Sie war schockiert. Mein Herz schien zu brechen, als ich ihm sagte, dass ich meine Tochter mitnehmen würde.

»O nein! Nehmt meine Tochter nicht!« rief sie verzweifelt. Aber Younghwan hörte nicht auf ihre Bitten.

"Es ist bereits entschieden. Du und dein Sohn werden frei sein, aber deine Tochter hat Arbeit mit mir zu tun", sagte er kalt.

Sie und ihr Sohn ritten mit dem Licht der Uhr zurück zur Erde. Die Luft auf der Erde war kalt und frisch, aber ihr Herz war schwer.

Währenddessen nahm er ihre Tochter und flog zum Mars. Unter der roten Erde des Mars und dem endlosen Himmel begann ein neues Leben. Ihre Tochter war verwirrt und verängstigt, aber er beruhigte sie ruhig.

"Dies ist unser neues Zuhause. Deiner Mutter wird es auf der Erde gut gehen", tröstete Younghwan. Sie hatte keine andere Wahl, als ihm zu glauben.

DAS LEBEN AUF DEM MARS war einsam und trostlos. Younghwan nahm sie jedoch mit in eine neue Welt und verwirklichte seinen Traum. Seine Vergangenheit mit ihr verblasste.

Im Laufe der Zeit begann auch sie ein neues Leben mit ihrem Sohn auf der Erde. Der Verlust ihrer Tochter brachte sie jede Nacht zum Weinen, da sie sie vermisste, aber sie entschied sich, die unvermeidliche Realität zu akzeptieren. Und sie erinnerte sich daran, wie egoistisch ihre Handlungen im Labyrinth der Rache gewesen waren. Ein Strang seines Herzens der Rache gegen sich selbst regte zum Nachdenken an. Er erkannte, wie rücksichtslos er gewesen war und wie realistisch es war, das zu ernten, was er gesät hatte. Sie dachte darüber nach, wie ihre Ehrlichkeit andere verletzen könnte.

Younghwan erkannte viele Dinge.

Nachdem er ihren Körper und Geist erobert hatte, spürte er den Unterschied zwischen Zufriedenheit und Glück. Zuerst fühlte er sich völlig siegreich, als er sie besiegte. "Ich bin glücklich. Mit der Zeit hatte sie jedoch das Gefühl, dass ihr Glück unvollständig war. Bittersüße Gefühle setzten sich im Labyrinth von Gehirntransplantationen und dimensionaler Rache auf der Raumstation fest. Dieses Glück fühlte sich an, als würde es irgendwo fehlen. Er begann, auf sein Herz zurückzublicken und die Ursache seiner Gefühle zu finden.

"Warum fühlst du dich so komisch?", überlegte er. Dann erinnerte er sich. "Befriedigung ist das Ergebnis von Mögen minus Wollen. Glück ist das Ergebnis, und Zufriedenheit ist die Wahl."

»Ich muß jetzt das Glück der Loslösung finden«, entschied er. "Ich muss das tun, was ich will."

5
Entkomme dem Labyrinth

YOUNG-HWAN BEENDET seine Rache und macht sich auf den Weg zum Mars. Er wollte eine neue Grenze finden, in der es keinen Unterschied zwischen Gut und Böse gab. Ich blickte von der Spitze der roten Sanddünen des Mars über die weiten Ebenen, tief in Gedanken versunken. Sein Handgelenk war an einem Gerät befestigt, das Portale öffnen konnte. Diese kleine Maschine war ein mächtiges Werkzeug, das jederzeit vom Mars zur Erde oder sogar zur Venus gelangen konnte. Aber sein Geist war voller Fragen über die Bedeutungen und Prinzipien, die über die bloße körperliche Bewegung hinausgingen.

Superposition, bei der Teilchen an mehreren Orten gleichzeitig existieren können, und Verschränkung, bei der sich zwei weit voneinander entfernte Teilchen sofort gegenseitig beeinflussen. Diese Konzepte waren nicht nur wissenschaftliche Theorien. Für ihn war es auch ein Fenster zu den grundlegenden Wahrheiten des Universums und des Lebens.

Die Lehre, dass alle Phänomene keine Substanz haben und dass sich ihre Essenz nicht von unserer Realität unterscheidet, ermöglichte es Eva zu fühlen, wie sie sich in der Zukunft zwischen Mars, Venus und Erde hin und her bewegte. Der Übergang von der vertrauten Erde zum neuen Mars war nicht nur eine Reise zwischen den Planeten, sondern ein Sinneswandel und eine Reflexion. Er war der Meinung, dass die Überlagerung der Quantenmechanik dem Prozess ähnelt, durch den man eine Entscheidung aus einer Vielzahl von Möglichkeiten für eine einzige Realität trifft. In der rauen Umgebung des Mars, in der heißen Atmosphäre der Venus und sogar in der komplexen Gesellschaft der Erde...Es bedeutete auch, dass er, selbst wenn er auf dem Mars oder der Venus war, immer noch mit den Menschen der Erde verbunden war. Egal, wo er war, seine Entscheidungen und Handlungen hatten unmittelbare Auswirkungen auf alle.

Ich schaute auf das Gerät an meinem Handgelenk und verpflichtete mich. "All die Erfahrungen und Veränderungen, die mit der Überquerung von der Erde zum Mars einhergehen, sind ein

Prozess, um zu erkennen, wie die Welt funktioniert", sagte er, als er mit ihrer Tochter Eva auf der Erde das Portal öffnete. Ein strahlendes Licht umarmte ihn, und er ging in eine andere Welt hinüber. Ich machte mich auf die Suche nach wahrer Freiheit und Seelenfrieden. Anstatt sich durch das dichotome Denken der Erde einschränken zu lassen, versuchte er, eine neue Zivilisation zu schaffen, die die menschliche Natur, Moral und Gerechtigkeit transzendierte.

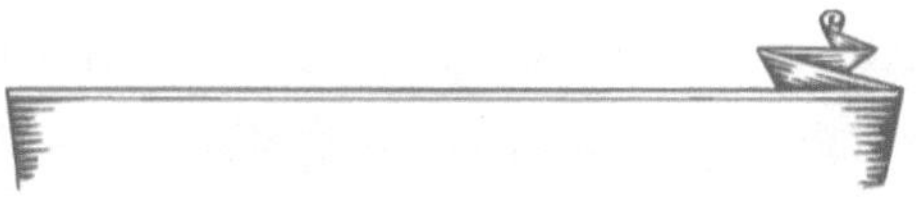

5-1 Morgendämmerung der neuen Menschheit

Ein Neuanfang auf dem Mars

Younghwan erklärte Eva seine Entscheidung und seinen Grund.

"Eva, es gibt nur einen Grund, warum ich dich nehme. Du wirst der Same einer neuen Zivilisation sein. Du wirst dich von den Standards der Erde befreien und eine neue Welt erleben."

Eva verstand ihn nicht, aber in seinen Augen lag Aufrichtigkeit. Und als Eva einschlief, kamen sie mit der Uhr auf dem Mars an, und die Landschaft des Roten Planeten begrüßte sie.

An ihrem ersten Tag auf dem Mars rannte sie herum, ihre Augen funkelten bei dem Anblick, den sie noch nie zuvor gesehen hatte. Eva war in das Geheimnis ihrer neuen Welt eingetaucht.

"Wow, es ist so cool hier!", rief Eva und drehte sich mit ausgestreckten Armen herum. "Onkel, sind wir wirklich auf dem Mars?"

Younghwan sah Eva an und lächelte. »Ja, Eva. Wir sind auf dem Mars."

Eva näherte sich Younghwan mit einem überraschten Gesichtsausdruck. "Wie sind wir hierher gekommen? Ist das wirklich die Galaxie, über die wir in der Schule gelernt haben?"

Er dachte einen Moment nach, dann nahm er ihre Hand und setzte sich mit ihr auf einen nahegelegenen Felsen. "Eva, wir haben es auf eine ganz besondere Art und Weise so weit geschafft. Ich habe dich heimlich auf ein Raumschiff gesetzt, während du geschlafen hast."

Fragte Eva mit weit aufgerissenen Augen und überrascht. "Wirklich? Aber wo ist das Raumschiff? Ich vermisse dich!"

Younghwan war für einen Moment verblüfft, fuhr dann aber ruhig mit seiner Lüge fort. "Das Schiff verschwand, sobald wir ankamen. Es dient der Sicherheit. Es ist an einem geheimen Ort versteckt, von dem nur wir wissen."

Eva sah ihn misstrauisch an. "Wirklich? Wo ist also dieser geheime Ort? Kann ich es später sehen?"

Younghwan lächelte sanft und streichelte Evas Kopf. "Im Moment müssen wir uns erst einmal sicher daran gewöhnen. Ich zeige es dir später, wenn du älter bist. Bis dahin ist es wichtig, hier neue Dinge zu lernen und Spaß an neuen Dingen zu haben."

Eva schien ein wenig enttäuscht zu sein, wandte sich aber bald wieder den Geheimnissen des Mars zu. "Ich verstehe, Mann. Können wir uns jetzt umsehen?"

Younghwan nickte als Antwort. "Natürlich, Eva. Es gibt eine Menge, was wir hier wissen müssen. Lass uns zusammen gehen."

Eva rannte wieder aufgeregt herum. Ihr Herz war voller Vorfreude auf neue Abenteuer, und alles auf dem Mars war für sie ein erstaunliches Erkundungsobjekt.

Eva: "Onkel, hier gibt es keine Bäume. Ich kann nicht einmal das Gebäude sehen! Warum ist dieser Ort so trostlos und leer?, Diese Landschaft ist wirklich seltsam. Es ist wie ein Planet, der durch einen Atomkrieg zerstört wurde, den ich im naturwissenschaftlichen Unterricht kennengelernt habe."

»Onkel, ich kann es kaum erwarten, zu sehen, was wir hier tun werden!« rief Eva fröhlich.

Younghwan sah Eva an und atmete erleichtert auf, als er sah, dass sie sich auf dem Mars gut eingewöhnte. »Ja, Eva. Wir haben viel Arbeit vor uns. Gemeinsam können wir alles erreichen."

Am zweiten Tag bauten Younghwan und Eva eine riesige Kuppel. Diese Kuppel war der Ort, an dem ihre neue Zivilisation beginnen sollte. Das Innere der Kuppel ist als autarkes Ökosystem konzipiert. Er nutzte die neueste Technologie, um in der rauen Umgebung des Mars einen bewohnbaren Raum für Menschen zu schaffen.

"Eva, wir werden eine neue Zivilisation aufbauen."

Da sie ihn nicht hören konnte, fühlte sie eine Traurigkeit, die sie die Erde vermissen ließ. Und die Wutanfälle, die nach ihrer Mutter suchten, wurden immer schlimmer.

"Onkel, ich vermisse dich. Ich wünschte, meine Mutter wäre hier", sagte Eva mit Tränen in den Augen zu Younghwan. In ihrer Stimme lag eine Mischung aus Sehnsucht und Verzweiflung.

Younghwan saß ruhig neben Eva. "Eva, es wird im Moment schwer, aber wir haben wichtige Arbeit vor uns. Sie wird wollen, dass es dir gut geht."

"Aber ich vermisse dich! Warum muss ich hier sein? Warum kann ich nicht zur Erde zurückkehren?" Eva sah Younghwan mit Tränen in den Augen an. Ihre Augen waren begierig.

Younghwan schwieg einen Moment. Er wollte Eva trösten, aber gleichzeitig konnte er ihr nicht die Wahrheit für ihre Zukunft sagen. "Eva, die Erde ist in Gefahr. Wir sind hier, um Sie zu schützen. Kannst du geduldig sein?"

Eva nickte und wischte sich die Tränen weg. Sie sehnte sich danach, zur Erde zurückzukehren und ihre Mutter zu sehen, aber sie hielt sich noch ein wenig zurück. Er begann, Eva eine neue Zivilisation beizubringen.

"Unsere Zivilisation wird sich auf Ergebnisse konzentrieren. Wir müssen über die Konsequenzen unseres Handelns nachdenken, nicht über unsere moralischen Urteile."

Eva verstand allmählich seine Lehren und wuchs in einer neuen Zivilisation auf. Gemeinsam bauten sie Getreide an und nutzten die Ressourcen des Mars, um ein autarkes Leben zu führen. Eines Tages sagte Young-hwan zu Eva, dass es die beste Option sei, zur Venus zu gehen. Die Venus hatte eine stabilere und entwickeltere Zivilisation als der Mars.

Reise zur Venus

Jahre sind auf dem Mars vergangen und Eva ist jetzt eine reife Frau. Sie wuchs auf dem Mars auf, wo sie seine Philosophie und Vision lernte. Und er hat Eva ein größeres Ziel eingeflößt. Er rief Eva aus der Kuppel und blickte auf die trostlose Landschaft des roten Mars.

»Eva, du bist jetzt stark und weise genug. Der Mars allein wird unsere Träume nicht wahr werden lassen."

Fragte Eva und verstand nicht, was Younghwan sagte. "Was müssen wir also tun, um unsere Träume wahr werden zu lassen?"

Er antwortete mit funkelnden Augen. "Sie müssen zur Venus gehen, was der nächste Schritt in der Zivilisation ist, die wir aufgebaut haben. Wir müssen dort fortschrittlichere Technologien und soziale Strukturen erlernen und die Kraft gewinnen, unsere Vision zu verwirklichen."

Eva schwieg einen Moment, dann fragte sie erneut. "Was soll ich tun, wenn ich zur Venus gehe? Und warum sollte ich dorthin gehen?"

Ihre Augen mischten sich mit Neugierde.

"Eva", sagte Younghwan leise. "Du weißt das alles wegen des Opfers deiner Mutter. Es gibt viele Geheimnisse auf der Venus, die wir noch nicht kennen."

Eva legte bei seinen Worten den Kopf schief. "Warum willst du mich dann zur Venus schicken? Wirst du ihn als Testobjekt benutzen, wie deine Mutter?"

Younghwan lächelte leicht und schüttelte den Kopf. »Nein, Eva. Ich habe etwas Wichtiges von deiner Mutter gelernt. Nur Menschen mit XX-Chromosomen können auf der Venus überleben. Und die Venus wird bereits von einem neuen Menschen bewohnt."

Evas Augen weiteten sich. "Neue Menschen? Wollen Sie damit sagen, daß die Venus bewohnt ist?«

Younghwan nickte langsam. "Ja. Die Erkundung Ihrer Mutter war nur der Anfang. Die Neo-Menschen der Venus haben sich anders entwickelt als wir. Sie haben die Fähigkeit, in Schwefelsäurewolken und Kohlendioxid zu überleben. Du wirst viel von ihnen lernen."

Fragte Eva, immer noch skeptisch. "Was muss ich also tun?"

"Ihr Job ist einfach", sagte Younghwan. "Gehen Sie zur Venus und nehmen Sie dort Kontakt mit den neuen Menschen auf. Sie könnten der Schlüssel zur Veränderung der Zukunft sein. Damit das Opfer deiner Mutter nicht vergeblich sei, mußt du auf der Venus einen neuen Anfang machen.«

Eva dachte einen Moment nach. "Aber warum muss ich es sein?"

Younghwan schaute ihr in die Augen und sagte ernst. "Weil du die Tochter deiner Mutter bist. Deine Mutter war der erste Mensch, der auf der Venus überlebt hat, und du hast ihre genetischen Merkmale geerbt. Und du bist vielleicht der Einzige dort, der alles lernen kann, was wir brauchen."

Eines Tages schnüffelte Eva in seinem Zimmer in der Kuppel in einem geheimen Tagebuch. Das Tagebuch enthielt detaillierte Aufzeichnungen über seine Vergangenheit und Venus. Bevor er zum Mars kam, schrieb er auf, wie sehr ihm das Leben auf der Erde geschadet hatte und wie das Leben auf der Venus ihm Hoffnung und die Zukunft der Menschheit geben würde.

"Die Venus war ein Ort, an dem die Menschheit alles zurückgewinnen konnte, was verloren gegangen war."

Als sie den Inhalt ihres Tagebuchs las, spürte Eva seine Aufrichtigkeit. Es war nicht nur ein Ort der Sicherheit, sondern ein Symbol für neue Möglichkeiten und Hoffnung. Eva verstand, warum der alte Mann ihr von Venus erzählt hatte. Er bat sie, zur Venus zu gehen, nicht nur, um Gefahren zu vermeiden, sondern auch, um ihr wahres Potenzial zu entdecken. Und Eva war überrascht, als sie in ihrem Tagebuch las, dass Venus mit Artefakten mit besonderen Kräften versteckt war. Schriftlichen Aufzeichnungen zufolge waren diese Reliquien ein wichtiger Schlüssel zur Bestimmung der Zukunft der neuen Menschheit.

"Eva, der Grund, warum du zur Venus gehen solltest, ist nicht nur eine Flucht. Dort wirst du die Kraft finden, die Zukunft der Erde zu verändern", hallte Younghwans Stimme immer wieder in ihrem Gehirn wider.

Younghwan wachte auf und ging auf Eva zu, die die Pflanzen in der Kuppel bewässerte. Entschlossen, dies zu tun, sprach Eva ihn an. »Onkel. Ich werde zur Venus gehen und nach der Zukunft suchen."

Younghwan lächelte und klopfte ihr leicht auf die Schulter. "Dann mach dich bereit, Eva. Es wird Ihnen den Weg ebnen. Es liegt an dir, das zu vollenden, was deine Mutter begonnen hat."

Younghwan schlang sanft seine Arme um Evas Schulter. "Wir werden neue Allianzen auf der Venus eingehen, Technologie lernen und die Erde wieder umgestalten. Die Erde darf nicht durch alte Moralvorstellungen und Beschränkungen eingeschränkt werden."

Eva verstand, was er sagte. Ich werde zur Venus gehen und neue Allianzen eingehen und die Fähigkeiten und das Wissen mitbringen, die ich brauche."

Younghwan antwortete mit einem Lächeln. "Du bist ihre Tochter, aber dein Schicksal ist viel größer als das. Du musst eine fortgeschrittene Zivilisation anführen und eine neue Ära einläuten.

Eva war bereit, zur Venus aufzubrechen. In ihrer letzten Nacht auf dem Mars hatte Eva ein letztes Gespräch mit Younghwan in der Kuppel.

sagte Younghwan. "Eva. Sie sind unsere Hoffnung. Wenn die Welt als neue Zivilisation wiedergeboren wird, werden wir in der Lage sein, wahre Freiheit zu erreichen."

Eva trug ein kleines Gerät am Handgelenk. Nach langer Recherche fertigte er eine Replik der Uhr an und übergab sie Eva, um ihre Funktion im Detail zu erklären. Während ich ihr Gerät stopfte, erklärte ich kurz, wie sich das Portal öffnete und wie es funktionierte. "Eva, dieses Gerät wird dich zur Venus schicken. Es wurde speziell für Ihre

Sicherheit entwickelt. Du kannst es benutzen, um dich zur Venus zu teleportieren."

Eva betrachtete ihre Uhr genau. Ein sanftes Licht ging von der Mitte der Uhr aus, und es gab mehrere kleine Knöpfe und Anzeigen. Es war exquisit gestaltet und passte natürlich ans Handgelenk. Er demonstrierte die Funktionalität des Geräts und zeigte den Prozess des Öffnens eines Portals. Sie drückte den Knopf ihrer Uhr, und ein blindes Licht erfüllte die Umgebung und ein quadratisches Portal öffnete sich. "Wenn du in dieses Licht trittst, wirst du an das Ziel gebracht, das du dir gesetzt hast."

Eva war überrascht und aufgeregt. "Es ist unglaublich, ich kann mir nicht vorstellen, wie viel Mühe Sie sich gegeben haben, um das zu machen."

Younghwan antwortete mit einem Lächeln. "Ich habe viel Zeit investiert. Jetzt habe ich die Möglichkeit, es alleine zu schaffen. Ich kann dieses Gerät jederzeit klonen."

Eva schaute auf ihre Uhr und dachte einen Moment nach. In ihrem Kopf wechselte sich der Wunsch, zur Erde zurückzukehren und ihre Mutter zu finden, mit dem Wunsch ab, einen Neuanfang auf der Venus zu eröffnen. Aber als sie sein Tagebuch las, erkannte sie intuitiv, dass das Leben auf der Venus ihr mehr bedeutete. Sie blickte ein letztes Mal auf den Mars zurück. "Mama, ich liebe dich, aber mein Schicksal liegt auf Venus", sagte Eva mit überzeugten Augen, als sie in das Licht des Portals trat. Die rote Landschaft des Mars wurde weggefegt...Sofort kam die leuchtende Landschaft der Venus in Sicht. Ein weiches, goldenes Licht umhüllte den Planeten, und die Erscheinung der Venusmenschen war wunderschön und geheimnisvoll.

Nicht lange nachdem Eva auf der Venus angekommen war, entdeckte sie, dass dies eine völlig andere Gesellschaft als die Erde war. Die Venusianer lebten in Frieden und produzierten unbegrenzte Ressourcen mit fortschrittlicher Zivilisation und Technologie. Eva näherte sich Ariel, um tiefer mit den Venusianern zu sprechen. Arielle war eine Venus, die einen Charme hatte, der Evas Aufmerksamkeit auf sich ziehen würde. Ihre Augen funkelten vor Neugier.

"Ariel, gibt es hier keine Führer oder Politiker?", fragte Eva, die ihrer Neugier nicht widerstehen konnte.

Ariel antwortete mit einem sanften Lächeln. "Das ist richtig, Eva. Es gibt hier keine Führer oder Politiker. Wir haben keine Gesetze oder Moral."

Fragte Eva überrascht. "Also, wie verteilt man hier Ressourcen oder Land? In der Welt gibt es oft Kämpfe über diese Themen." "Wie führt man eine Gesellschaft? Gibt es keinen Konflikt?"

Ariel antwortete mit einem Lächeln. "Wir nutzen Technologie, um eine unendliche Menge an Lebensmitteln und anderen Ressourcen zu produzieren. Und wenn Sie eine Kapsel werfen, können Sie überall in der Kuppel schlafen. Es gibt also keinen Konflikt aufgrund endlicher Ressourcen. Jeder bekommt, was er braucht, wenn er es braucht."

"Wir haben genug Ressourcen, in einer Gesellschaft, in der wir uns verstehen und respektieren, gibt es keine Konflikte. Es ist nicht der Mittelweg für jemanden, der uns führt. Wir treffen unsere eigenen Entscheidungen und akzeptieren die Konsequenzen dieser Entscheidungen."

Eva hörte das und dachte nach. "Hier findet also jeder seinen eigenen Weg. Ohne sich auf irgendjemanden zu verlassen..."

Ariel lächelte und nickte. "Das ist richtig. Wir glauben, dass alle gleich sind. Es ist unsere Art, unsere eigenen Entscheidungen zu treffen und Verantwortung dafür zu übernehmen. Deshalb können wir hier eine friedliche und harmonische Gesellschaft aufrechterhalten."

Eva war beeindruckt von der einzigartigen Sozialstruktur der Venus. "Ist das auf der Erde möglich?"

Sagte Ariel leise. "Vielleicht ist es möglich, Eva. Aber das Wichtigste ist, dass sie ihre eigenen Entscheidungen treffen und ihren eigenen Weg finden. Niemand kann irgendjemanden manipulieren."

Eva nahm sich die Philosophie der Venus zu Herzen und wollte alles erleben, was die Venus zu bieten hatte. Aber Eva hatte eine Frage. Er ging wieder auf Ariel zu.

"Es ist wunderschön hier. Übrigens, warum sind keine Männer da?« fragte Eva.

Ariel legte den Kopf schief und sah Eva an. "Mann? Was ist das?", fragte sie, als würde sie zum ersten Mal ein unbekanntes Wort hören.

Eva war für einen Moment verblüfft, aber sie erklärte ruhig. "Männer sind das Gegenteil von Frauen auf der Erde."

Ariel dachte einen Moment nach. "Wir haben dieses Konzept nicht. Wir sind einfach wir. Sie verstehen die Unterschiede des anderen nicht. Wir sind alle von der gleichen Spezies."

Eva erkannte, dass die Venusianer eine andere Kultur und Denkweise hatten. Und bewunderte das System der Venus. "Es ist erstaunlich."

sagte Ariel mit einem Lächeln. "Wir heißen Sie willkommen. Du kannst ein Teil von uns sein, Eva."

Eva dachte jedoch tief darüber nach, warum Venus eine Zivilisation gewählt hatte, die weiter fortgeschritten war als die Erde, aber es gab keine Menschen, und warum dieses System nicht die Hälfte des Mittelwegs war. Ein paar Monate später entdeckte ich ein seltsames Artefakt an einer antiken Stätte. Der strahlend goldene Farbton wirkte wie eine Szene aus Younghwans Tagebuch auf dem Mars, als er noch ein Kind war. Und der Anhänger um seinen Hals schimmerte ungewöhnlich. Im Inneren des Anhängers befand sich ein altes Familienfoto. Sie hielt inne, als sie das Foto betrachtete. Auf dem Foto stand sie Seite an Seite mit einem Fremden, ihrem Kindheits-Ich, und ihrer Mutter Ragham, mit einem breiten Lächeln im Gesicht. Eva betrachtete das Foto verwirrt genau. Sie betastete das Gesicht des Fremden und starrte auf ihr Kindheits-Ich. Und ich war verwirrt, als ich meine Mutter Ragam sah.

Als er nach dem Artefakt griff, bot sich ihm ein erstaunlicher Anblick. Seine Uhr strahlte ein anderes Licht aus als zu dem Zeitpunkt, an dem er sich teleportiert hatte. Eva konnte ihre Aufregung nicht zurückhalten, als sie auf ihre Uhr tippte. In diesem Moment öffneten sich zwei Portale vor Evas Augen. Eva starrte das Portal mit einer Mischung aus Überraschung und Angst an. Das Portal vor ihm hatte eine runde, ovale Form anstelle der quadratischen und eckigen Form der Teleportation, eines blau und das andere rot.

Eva trat in das erste blaue Portal. Es war ein lebendiger und lebendiger Ort. Als sie den Weg entlang ging, tauchten Spuren einer alten Rasse auf, die sie von der Venus gelernt hatte. Sie folgte sofort der Spur und las die verschiedenen Monumente und alten Steine auf. Es gab eine Geschichte über eine Frau, die seit vielen Jahren die Erde beschützt und gegen den menschlichen Egoismus gekämpft hat. Als er erkannte, dass ihr Opfer und ihre Hingabe die Erde zu dem gemacht hatten, was sie heute ist, beeilte er sich, eine Frau zu treffen. Als wir den Weg entlang gingen, kamen wir zu einem alten Stammesdorf, das in einen dichten Wald eingebettet war. Mitten im Dorf stand eine Frau majestätisch und gelassen. Eva fühlte, wie ihr Herz klopfte, als sie sich ihr näherte.

Die Frau spürte die Annäherung des Fremden und blickte auf. Und seine Augen musterten Eva aufmerksam. "Wer bist du?", fragte er mit einer Mischung aus Misstrauen und Misstrauen.

"Ich...Ich komme aus der Ferne. Ich bin hier, um deine Geschichte zu hören", erwiderte Eva und versuchte, ruhig zu bleiben. In ihrer Stimme zitterte es.

Sie kniff die Augen zusammen und sah Eva an. "Warum bist du neugierig auf meine Geschichte?"

Eva fragte sich, wie sie es erklären sollte. "Sie haben viel geopfert, um unseren Planeten zu schützen. Ich will die Wahrheit wissen."

Sie sah Eva in die Augen und fühlte etwas. »Dann kannst du mit mir gehen und reden«, nickte er und führte Eva weg.

Die beiden liefen durch einen dichten grünen Wald mit Bäumen, die eine Höhe von 1.000 Metern erreichten. Langsam entfaltete sie ihre Geschichte. In seiner Stimme lag eine tiefe Traurigkeit und Entschlossenheit. "Die Erde zu verteidigen war nicht einfach. Das hatte seinen Preis. Aber ich habe immer für diesen Planeten gekämpft."

Eva staunte, als sie ihrer Geschichte zuhörte. "Euer Opfer war nicht umsonst. Die Erde ist wegen dir da, wo sie heute ist."

Sie hielt inne und sah Eva an. "Ich kann die Aufrichtigkeit in dem spüren, was Sie sagen. Aber ich weiß immer noch nicht, wer du bist."

Eva atmete tief durch. "Ich...Ich komme aus der Zukunft. Und es ist deine Tochter. Aber das weißt du nicht. Ich bin damit aufgewachsen, die Erde zu sehen, die du geopfert und verteidigt hast."

Ragams Augen weiteten sich. "Aus der Zukunft? Du bist meine Tochter...Sie sah Eva verwirrt an.

Eva streckte vorsichtig die Hand aus und ergriff Ragams Hand. "In der Zukunft hat sich viel verändert. Ohne dein Opfer würde ich nicht existieren. Aber in diesem Moment wollte ich dich kennenlernen. Ich wollte mich nur bei dir bedanken."

Ragami drückte Evas Hand und weinte. »Wenn das, was Sie sagen, wahr ist, freue ich mich, Sie zu sehen. Auch wenn ich nicht weiß, dass du meine Tochter bist, kann ich deine Aufrichtigkeit spüren."

Die beiden umarmten sich und weinten. Eva spürte die Wärme ihrer Mutter in ihren Armen und erlebte den Moment, in dem Vergangenheit und Gegenwart verbunden waren.

Als er durch das zweite Portal trat, diesmal mit einem rot gefärbten Äußeren, wurde er mit einer völlig anderen Welt konfrontiert. Das öde und rot befleckte Land, die zerstörten Städte überall und der heftige Wind, der den roten Staub blies, waren so trostlos wie der Mars. Eva fiel es schwer zu akzeptieren, dass dies die Erde war. In ihrem Herzen war eine schwere Traurigkeit und Verzweiflung.

"Mama..." murmelte Eva leise und drehte den Kopf, um sich umzusehen. Die Suche nach ihr war unkontrollierbar. Überall, wo Eva landete, gab es nichts als Ruinen und Trümmer. Es gab keine Spur von Menschen. Eva führte ihren müden Körper in das Herz der einst blühenden Stadt. Dort stand ein riesiges Denkmal, das sich von der Vergangenheit unterschied. Das Denkmal wurde mit einem bekannten Muster geschnitzt. Sobald Eva das Emblem sah, begann ihr Herz zu klopfen. Das Emblem war ein Symbol ihrer Mutter.

"Oh mein Gott...Eva näherte sich dem Denkmal und streckte die Hand aus. In dem Moment, in dem ihre Hand das Denkmal berührte, umhüllte sie ein heftiges rotes Licht. Was sich vor ihr entfaltete, war eine Vision, wie ein Traum. Die Erinnerungen ihrer Mutter flossen in ihr Gehirn. Im Licht wurde sie Zeugin des Kampfes ihrer Mutter, die einer alten Rasse angehörte. Das Bild meiner Mutter, die einen endlosen Kampf für den Schutz der Erde führte, und die Angst und Aufopferung meiner Mutter, die allein gegen die Gier und den Hass der Menschen kämpfte, wurden anschaulich vermittelt. Im letzten Moment brach Mama inmitten des Verrats und der Gleichgültigkeit der Menschen zusammen. Ein Atomkrieg löschte die Menschheit aus, und die Erde war so verwüstet wie der Mars. In diesem Moment stieg ein starker Schmerz in Evas Brust auf. Es war nicht nur eine Erinnerung, es war ein Spiegelbild all ihrer Gefühle. Sie sah, wie das Gesicht ihrer Mutter ihr eigenes überlagerte. Tränen strömten aus den Augen ihrer Mutter und flossen über Evas Wangen. An ihren Fingerspitzen konnte sie den Schmerz und die Schmerzen ihrer Mutter spüren. In diesem Moment war Eva fassungslos und nahm hastig ihre Hand vom Grabstein. Der zukünftige Ragam war er selbst.

"Ich...War es Ragam?" Eva war so unsicher, dass sie dem Grabstein den Rücken zukehrte, die Augen schloss und nach Luft schnappte. Alle Erinnerungen wurden miteinander verbunden und die Teile des Puzzles zusammengefügt. Als Eva die Augen öffnete, war sie entschlossen. Sie erfuhr auch, dass Ragam in ferner Zukunft nicht in der Lage sein würde, die Erde zu beschützen. Dann flüsterte sie leise. "Ragam... Ich bin du. Und ich werde dein Opfer nicht vergessen."

Als Eva erfuhr, dass sie aus der Zukunft stammte, hielt sie die Uhr in ihrem Herzen und schwor, die Erde zu einem Planeten zu machen, der den perfekten Mittelweg jenseits der Venus gehen würde. Als ich zur Venus zurückkehrte, betrachtete ich das alte Bild im Anhänger. "Warum bin ich neben mir?", fragte sie sich, während sie das Bild weiter betrachtete.

Sie hält den Anhänger fest in der Hand und fragt sich, was dieses Bild zu bedeuten hat. Er musste wissen, wie er mit dem Ragami der Gegenwart verbunden war und warum er aus der Zukunft in die Gegenwart zurückgekehrt war. Es war ein wichtiges Bindeglied zwischen Vergangenheit, Gegenwart und Zukunft. Eva schloss den Anhänger vorsichtig.

Jetzt muss sie entscheiden, was sie tun muss, um das Schicksal des Planeten zu ändern. Was meinte Younghwan? Nach und nach wurde mir klar, und ich fragte mich.

"Wollen wir einen verwüsteten Planeten, den die Menschheit in ihren Wünschen und ihrem Egoismus nicht geschützt hat? Oder wollt ihr eine Erde, die ihr Opfer erbt und einen neuen Mittelweg geht?"

Allmählich akzeptierte sie, dass sie die zukünftige Ragam war, und sie musste verhindern, dass das Rote Portal zu einer offenen Erde wurde. Danach durchlief sie bemerkenswerte Veränderungen, als sie im Laufe der Jahre auf der Venus aufwuchs.

Sie war nicht länger eine Tochter der Erde, ein Mädchen des Mars. Verhaltens- und Sprachmuster, sogar ihre Gefühle. Auch ihr Aussehen veränderte sich und passte sich der Umgebung an. Ihre Haut war von der Venussonne tief gebräunt worden und hatte eine intensive Bräune angenommen, und ihre Muskeln und ihr Körper waren durch die geringe Schwerkraft hervortretender und widerstandsfähiger geworden. Er strahlte auch Entschlossenheit und Stärke aus, die von seinem stämmigen Körper wie ein Athlet ausgingen. Ihr Haar hatte durch das Klima und die ultravioletten Strahlen einen natürlichen goldenen Farbton angenommen, und ihr Gesicht war mit ihren langen Haaren glatter geworden. Seine Augen schärften sich durch das harte Training und die Erfahrung, die er erlebt hatte, und seine kalten blaugrauen Augen leuchteten scharf. Sein Gesichtsausdruck war immer charismatisch, und es gab keine Anzeichen von Unschuld und Sanftmut. Das einzigartige Muster und die Rüstung der Venus aus Metallfasern schützten ihren Körper und symbolisierten sie zugleich.

Die metallischen Fasern der Rüstung erstrahlten in einem goldenen Farbton und reagierten flexibel auf Bewegungen.

Eines Tages schaute Eva mit einem Hologramm in einem Raumschiff auf die Erde. Der blaue Planet war immer noch wunderschön und fühlte sich für sie wie ein Schicksalsort an. Er berührte den Anhänger um seinen Hals. Er zog ihn aus seinem Hals, hielt den Anhänger in der Hand und starrte ihn an. "Ich bin dazu bestimmt, zur Erde zu gehen" Es war immer noch ein seltsames Gefühl, aber ich wusste nicht, was es war.

Während Eva auf der Venus aufwuchs, wartete Young-hwan auf ihre Rückkehr vom Mars. Träumen Sie von dem Tag, an dem ein Mann vom Mars und eine Frau von der Venus ihre Kräfte bündeln, um die Erde neu zu gestalten.

Einige Jahre später gelang es ihm, die Art auf dem Mars zu züchten. Er starb an der Marskrankheit. Durch die Fortpflanzung war Mars eine reine Männergesellschaft und Venus eine rein weibliche Gesellschaft. Und Evas Erfahrung auf der Venus machte sie stärker und bereit, die Erde in eine neue Zivilisation zu führen. Es ist an der Zeit, dass die beiden Zivilisationen ihre Kräfte in ihren jeweiligen Welten bündeln. Nach vielen weiteren Jahren beschlossen diese beiden Zivilisationen, ihre Existenz und Zivilisation der Welt bekannt zu machen. Die Maßstäbe des menschlichen Verständnisses und die Maßstäbe der Ansicht Gottes mögen unterschiedlich sein, und manchmal können Konflikte zwischen den beiden entstehen. Jetzt ist die Erde der Beginn einer neuen Welt. Das Schicksal der Menschen auf der Erde hängt von ihnen ab.

Als sich das quadratische Portal zur Erde öffnete, in dem Dunkelheit und Licht, Gut und Böse ineinander verschlungen waren, wagte Eva es, den Anhänger, den sie immer um den Hals trug, auf den Boden zu werfen und die gesamte Galaxie sanft zu erschüttern.

Invasion zur Erde

Nicht lange nachdem Marsianer und Venusianer auf der Erde angekommen waren, standen sie sich von Angesicht zu Angesicht gegenüber. In diesem Moment wurden sich beide zum ersten Mal der Existenz des anderen bewusst. Sie sahen sich mit lässigen Gesichtsausdrücken an und kamen langsam näher.

"Hallo, ich bin Mark. Ich bin vom Mars", lächelte er und versuchte, seine Müdigkeit zu verbergen, während er sich an die ungewohnte Atmosphäre der Erde gewöhnte.

"Hallo, ich bin Eva. Ich bin von der Venus. Ich habe erfahren, dass Mr. Young-hwan etwas erreicht hat, also ist er vielleicht ein Nachkomme?", lächelte sie verlegen und sah den Marsianer an.

Die Neo-Menschen von Mars und Venus wussten nichts von der Existenz des anderen, außer Eva. An dem Tag, an dem sie auf die Erde kamen, nahmen sie Kontakt auf und lernten sich zum ersten Mal kennen. Der Marsianer blickte auf die Venus. "Warum sehen wir so unterschiedlich aus?"

Die andere Venusianerin antwortete mit einem überraschten Blick. "Wir sind genau wie du. Ihr Gespräch war eine tiefe Erkundung des Sinns der Existenz. Und die Tatsache, dass es verschiedene Lebensformen gab, war für alle ein großer Schock.

Die Spannungen zwischen den beiden Zivilisationen haben nicht nachgelassen. Die sogenannte "doppelte andere Welt" konnte nicht verstanden werden.

Da das Leben auf Mars und Venus unterschiedliche Kulturen und Bräuche geprägt hat, haben sie auf mysteriöse Weise die Gedanken und Handlungen des anderen beobachtet. Auf der Erde dachten Marsianer und Venusianer tief über das Wesen der Erdlinge nach und lernten die Moral der Erdlinge und ihre unverständlichen und mysteriösen Bedeutungen kennen. Während die beiden neuen Menschen die Welt erkundet und sich verstanden haben, ist viel Neugier entstanden. Er entdeckte die Schönheit der Natur und die Vielfalt der Menschen und tauchte in die Geheimnisse ein.

"Eva, alles, was ich hier gesehen habe, ist so schön. Aber woher weißt du, ob sie die Guten oder die Bösen sind, von denen die Erdlinge sprechen?", sagte Mark mit ernster Miene.

Eva neigte den Kopf auf Marks Frage. "Das ist richtig, Mark. Die Konzepte von Gut, Böse und Moral sind genau das, was wir beschlossen haben. Aus Gottes Sicht mögen sie bedeutungslos sein."

"Wie können Erdlinge also entscheiden, ob ihre Handlungen gut oder böse sind?", fragte Mark neugierig.

Eva antwortete mit ernster Miene. "Erdlinge handeln oft in ihrem eigenen Interesse, was anderen schaden oder unfair sein kann. Gut und Böse sind also sehr zweideutig."

Mark nickte bei Evas Worten. "Wie sollten wir also unser eigenes Verhalten bewerten?"

Sagte Eva vorsichtig. "Wir sollten nicht über moralische Urteile über unser Handeln nachdenken, sondern über die Konsequenzen unseres Handelns." Nur wenn man seine Grenzen anerkennt und Respekt und Ehrfurcht vor den Mysterien zeigt, kann man wahre Erleuchtung erlangen. Sie kannten auch nicht das Konzept von Geschlecht, weiblich und männlich. Auch dies war nichts anderes als eine Benennung des dichotomen Denkens in ihrer Zivilisation.

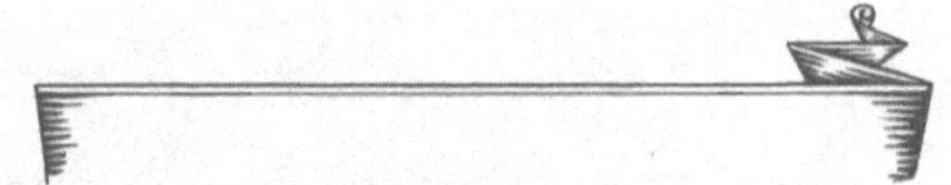
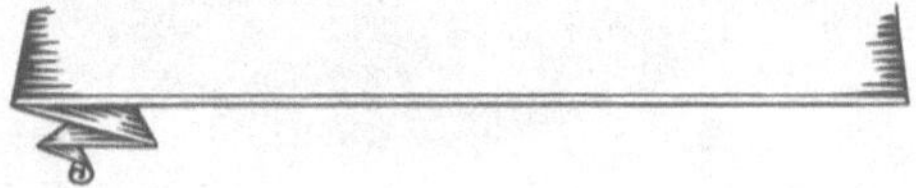

5-2 Die Wahrheit der Rache

Ein weiteres Gespräch aus der Vergangenheit auf der Raumstation

"Younghwan, wenn wir Menschen die fünf Sinne nicht spüren und uns nur das Herz schlagen, wäre das nicht dasselbe wie tot?", fragte er.

Younghwan nickte als Antwort. "Das ist richtig, Ragam. Durch unsere fünf Sinne nehmen wir die Welt wahr und leben unser Leben deswegen. Aber wenn wir das alles verlieren, sind wir dann wirklich am Leben?"

Sie schaute aus dem Fenster zu den Sternen. "Könnte es sein, dass das, was wir auf der Erde und im Universum selbst beobachten, alles Hirngespinste des Menschen sind? Sind wir schließlich alle das Produkt der Schöpfung, die im Verstand begann?"

Younghwan antwortete. "Vielleicht. Alles hängt vom menschlichen Geist ab, also ist es vielleicht doch die kreative Simulation von jemandem. Vielleicht verwechseln wir unsere Realität."

Ragam nickte nachdenklich. "Ist also all diese Rache und dieser Schmerz und unser Treffen und Trennen eine Täuschung, die in deinem Kopf begann?"

Younghwan schwieg einen Moment, dann antwortete er entschlossen. "Die makroskopische Welt der Quantenmechanik und Teleportation, all diese Dinge sind letztendlich mit dem menschlichen Verstand möglich. Alles, was wir uns vorstellen, kann Realität werden, und wir leben einfach darin."

sagte Ragam zuletzt.

"Wenn ja, mögen wir Frieden und Glück finden, sogar in unserer Vorstellung."

Auf diese Weise gewannen sie eine neue Erleuchtung. Schließlich werden sowohl die Realität als auch die Vorstellungskraft im menschlichen Geist geschaffen, und wir können mit unserem Verstand eine neue Welt erschaffen. All die Erfahrungen, die er durchmachte, die Rache und der Schmerz und die Erkenntnisse, brachten ihn zu neuen Höhen. Er gewann ein klares Verständnis dafür, wie der menschliche

Geist und die Vorstellungskraft die Realität formen. In seinem letzten Gespräch mit Ragham suchte Young-hwan nach Antworten auf tiefere Fragen. fragte ich sie, als ich sie in meiner Vorstellung traf. "Ragam, was ist mit Moral und Gesetzen? Ist es ein System, das von den Leuten geschaffen wurde, die weiter oben auf der Leiter stehen, um mit den unteren Klassen fertig zu werden?"

Der imaginäre Ragham dachte einen Moment nach, bevor er antwortete. "Die Antwort ist kompliziert. Moral und Gesetze sind etablierte Normen in der menschlichen Gesellschaft. Dies kann sich mit der Zeit und den Kulturen ändern. Manchmal ergänzen sich Moral und Gesetz und sind aufeinander abgestimmt, aber manchmal stehen sie im Widerspruch zueinander. Einige Gesetze sind sogar moralisch falsch. Auf der Leiter kann eine Klasse oder Gruppe als anderen überlegen definiert werden, aber das kann oft zu Vorurteilen und Diskriminierung führen."

Younghwan nickte zustimmend. "Ist es also absurd, in einer chaotischen Welt Maßstäbe zu setzen?"

sagte Ragham. "Wir bestehen darauf, dass alle Tiere gleich sind. Aber darüber hinaus argumentieren sie, dass es ein egalitäreres Tier gibt, den Menschen. Das ist nur eine Reihe von Standards. Daher erzeugt die Realität der menschlichen Gesellschaft viele Kontroversen. Themen wie soziale Klasse, wirtschaftliche Ungleichheit und Rassendiskriminierung unterstützen dies. Das ist etwas, das wir weiterhin angehen müssen, wenn wir die Welt verstehen und verändern."

Dies wirft die Frage auf, wie Menschen die Realität verstehen und interpretieren und dass sich die Sprache, die wir verwenden, nicht nur auf Dinge bezieht, sondern je nach sozialem und kulturellem Kontext, der sie umgibt, auch unterschiedliche Bedeutungen hat.

Also, was war die Sprache und das Wort des Plurals?

Nachricht

"Wenn Gott existiert, welche Botschaft hinterlässt er uns?"

Er schwieg einen Moment, dann antwortete er leise. "Vielleicht geht es darum, dass wir ständig hinterfragen, erforschen und versuchen, uns selbst zu verstehen."

Die Welt ist immer noch voller Geheimnisse. Jenseits von Religion, Philosophie und dem Universum sind seltsame Phänomene, die durch die moderne Physik nicht erklärt werden können, mit der Selbstidentität verflochten und machen sich zutiefst quälend. Es fühlt sich sogar an, als würde man in eine andere Dimension versetzt.

Younghwan blickte auf die weite Landschaft des Universums und dachte über die Reise nach, die er erlebt hatte. Durch Rache erlangte er ein tiefes Verständnis der menschlichen Natur und Existenz. Ich schaute aus dem Fenster in den trüben Himmel und dachte leise nach. Sein Verstand war verwirrt, aber inmitten des Chaos wurde eines klarer.

"Trotzdem wird die Welt wirklich nur vom Zufall regiert", flüsterte er vor sich hin. "Der Grund, warum wir die Quantenmechanik nicht verstanden haben, ist, dass wir versuchen, anthropozentrische Kausalität zu finden."

Ich dachte an die Obdachlosen auf der Straße. Sie schienen nichts zu tun, um die Welt zu verändern. Aber er wurde immer überzeugter. "Wir glauben nicht, dass Obdachlose auf der Straße oder Menschen, die in ihren Häusern festsitzen und nichts tun, die Welt verändern. Und ich glaube, dass nur die 1% der Genies die Welt verändern können. Aber das ist eindeutig menschenzentriertes Denken."

Währenddessen lächelte Ragam, als er sich an den jungen Hwan erinnerte. "Wenn du eigentlich nichts tust, tust du etwas. Auf diese Weise ist die Natur ein Ort, an dem sich kleine Dinge zu großen Ergebnissen summieren. Alles, was existiert, hat eine Bedeutung, und alles hat eine wichtige Rolle zu spielen."

Sie fuhr fort. "Dieses Bewusstsein macht uns dankbarer und demütiger. Es kann Ihr Leben bereichern. Darüber hinaus hängt das Glück, in dem wir leben, von vielen weiteren bizarren Zufallsketten ab."

Sie dachte an ihre schlechte Beziehung zu ihm. "Unsere Begegnungen, unsere Konflikte sind das Produkt des Zufalls. Die Wunden, die wir uns gegenseitig zugefügt haben, sind das Ergebnis des Zufalls."

"Wir hatten schon viele erstaunliche Zufälle, bevor wir geboren wurden", murmelte sie leise. "In einer schrecklichen Schlacht hatten unsere Vorfahren das Glück, Pfeilen, Messern und Kugeln auszuweichen, und deshalb bin ich hier", sagte er und erinnerte sich an die Begegnung mit seinem Vorfahren. "Wenn es nicht den zufälligen Vorfall gegeben hätte, dass sich mein Ururgroßvater beim Reiten am Bein verletzt hätte und die Nacht in der Nachbarschaft verbringen musste, wäre ich heute nicht hier." "Dann gab es viele Zufälle, und ich wurde geboren", sagte sie mit einem Selbsthilfelächeln.

Nach meiner Geburt sah ich, wie der winzige Flügelschlag eines Schmetterlings das Wetter auf den Kopf stellte, und ich hörte von einer Zombiekatze, die tot war, während sie lebendig in einer Kiste lag. Es begann alles als Zufall, aber am Ende entstand ein kausaler Zusammenhang.

"Aber die Leute neigen dazu, nach Kausalität zu suchen, warum es passiert ist, anstatt gründlich darüber nachzudenken."

Sie fragte sich, ob ihre Begegnung mit Young-hwan nur ein Zufall war oder ob die Rache zwischen ihnen unvermeidlich vorherbestimmt war.

"Es war ein Zufall. Wenn ich an diesem Tag nicht um diese Zeit zum Abendessen gegangen wäre, hätte ich ihn nicht getroffen. Aber ich hatte nicht erwartet, dass diese Begegnung eine so große Wirkung haben würde", "Seine Rache... War es eine Reihe von Zufällen? Oder war es unser Schicksal, das füreinander vorherbestimmt war?"

Sie sammelte ihre Gedanken jedesmal, wenn ihr der Gedanke an seine Rache in den Sinn kam. "Vielleicht war es ein Zufall. Wie der Flügelschlag eines Schmetterlings haben sich kleine Ereignisse zusammengefunden, um uns zu dem zu machen, was wir heute sind", sagte sie und schaute aus dem Fenster.

"Younghwan ... Am Ende ist der Grund, warum er sich entschied, sich an mir zu rächen, nur ein kausaler Zusammenhang im menschlichen Denken, der durch eine Reihe von Zufällen geschaffen wurde: "Wir sind Menschen, die vom Zufall regiert werden, aber wir versuchen, Kausalität darin zu finden."

"Die Rache, die ganze Sache, ist nur das Ergebnis des Zufalls."

Sie lächelte. "Ich werde das auch weiterhin tun. Es ist alles im Chaos. Ich hoffe, Sie finden die Antwort darin."

Schließlich flüsterte er: Und ihre Stimme löste sich in Luft auf.

"Dass unser Schicksal nicht in den Sternbildern liegt, sondern in uns selbst..."

Rache überwand Zeit und Raum. Es geht über bloße persönliche Gefühle hinaus und enthält tiefe philosophische Reflexionen über die menschliche Natur und Entscheidungen. Ihre Geschichte war mehr als eine Rache, sie war eine ewige Reflexion über die Würde, das Verlangen und die Entscheidung des Menschen.

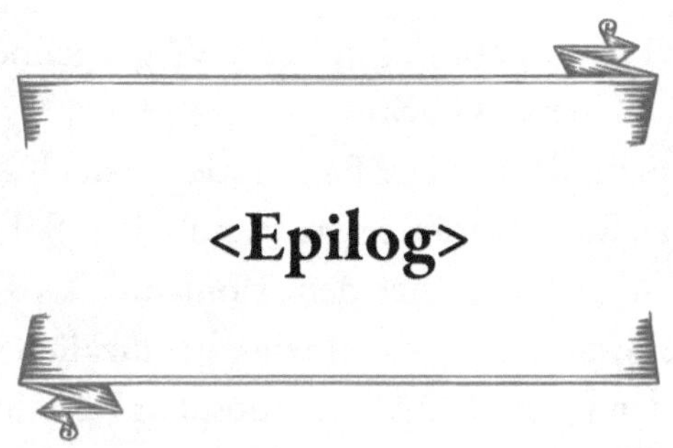

<Epilog>

Ragam lächelte, als er an der Hand seines 10-jährigen Sohnes über den Markt ging. Die Augen des Kindes waren in die Marktszene vertieft, die hier und da mit glitzernden Gegenständen gefüllt war. Ich war voller Glück, als ich sah, wie mein Sohn einen Apfel in der einen Hand hielt und mit der anderen einen bunten Luftballon schwenkte.

"Wenn ich einen Mittelweg finden und innere Harmonie erreichen könnte, wäre ich dann in der Lage, Glück in meinem Leben zu empfinden statt Schmerz?", fragte sie sich. Inmitten des geschäftigen Lärms des Marktes hielt sie einen Moment inne. Die Mitte bezieht sich auf den Mittelpunkt zwischen den beiden Extremen, während der Mittelweg bedeutet, überall ein stabiles Gleichgewicht aufrechtzuerhalten. Wir müssen einen Weg finden, unser inneres Selbst im Geist des mittleren Weges zu entwickeln, und wir müssen diesen Prozess genießen und uns ins Leben wagen.

Mit jedem Schritt, den sie in der Hand ihres Sohnes machte, wurde sie mit ihrer eigenen Realität konfrontiert. Ich konnte den kontinuierlichen Wachstumsprozess des Schmerzes schmecken, der mit dem Versuch einhergeht, perfekte Harmonie und Gleichgewicht zu erreichen. Es gibt immer wieder Probleme im Leben, die mit eigener Kraft nur schwer zu lösen sind. Anstatt darauf zu warten, dass der Sturm vorüberzieht, lernen sie, im Regen zu tanzen.

Als ich die Szenerie des Marktes vor mir betrachtete, lächelte ich wieder. Der Schmerz und die schlechten Gefühle der Vergangenheit werden nun für ihr Wachstum gedüngt. Der Konflikt mit Younghwan und die Rache, die er auslöste, lagen in der Vergangenheit. Jetzt fanden sie und ihr Sohn ein neues Glück.

"Mama, schau dir das an! Der Ballon stieg so hoch auf!« rief er mit freudiger Stimme. Ragam drückte die Hand seines Sohnes und nickte. "Ja, mein Sohn. Genieße immer den Moment. Das Leben wird uns weiterhin herausfordern und uns gemeinsam glücklich machen."

Sie trat wieder in die lebhafte Atmosphäre des Marktes ein. Sie hatte gelernt, im Regen zu tanzen und war nun auf dem Weg in eine neue Zukunft für sich und ihren Sohn.

Als Eva nach ihren Erlebnissen auf der Venus zur Erde zurückkehrte, war sie zutiefst beunruhigt über die ständige Kriegsführung der Menschheit. Die Erde wurde immer chaotischer, und ich befürchtete, dass sie wie der Mars enden würde. Das Bild der verwüsteten Erde, das ich durch das rote Portal sah, kam mir lebhaft in den Sinn. Als Eva viele Teile der Welt erkundete, wusste sie, dass die uralte Rasse der heutigen Ragami nicht in der Lage sein würde, den Planeten vor menschlichen Wünschen und Egoismus zu schützen.

Eva ging leise dorthin, wo Ragam war. Aber Ragami wusste nicht, dass Eva seine Tochter war. Evas Aussehen hatte sich so sehr verändert, ihre Handlungen, ihre Sprache und sogar ihre Augen hatten sich völlig verändert.

Selbst sie, die eine starke Mutterliebe hatte, konnte die Veränderung in Eva nicht erkennen, und sie war ein völlig anderer Mensch geworden. Eva sprach sie an, als sie sich näherte. "Warum sind Erdlinge gierig und gierig? Warum bist du so egoistisch?"

Sie schien ihre Absicht vergessen zu haben, die Menschheit zu schützen. Sie machte ihren Kopf frei, um Evas Frage zu beantworten. In diesem Moment klopfte Eva ihr auf die Schulter. "Glaubst du, du bist meine Mutter?"

Ragam zögerte einen Moment. Sie konnte nicht erkennen, dass Eva ihre Mutter war. Sie betrachtete Eva als Fremde und antwortete lächelnd: "Ich fühle mich, als wärst du meine Tochter." Aber als Eva das hörte, lächelte sie unbeholfen.

"Ich bin nicht deine Tochter", klang die Stimme abrupt und herzlos. Er fuhr fort. "Ich bin hier, um Ihnen zu helfen."

Ragam fühlte eine subtile Emotion, als er Eva ansah. Fragte sie vorsichtig. "Warum willst du mir helfen?"

Eva antwortete mit einem tiefen Atemzug. "Ich komme aus der Zukunft. In einer Zukunft, in der du versagt hast, zugrunde gegangen bist. Ich bin nur du. Nicht deine Tochter, sondern dein zukünftiges Ich."

Ragam war schockiert, aber er konnte die Wahrheit in Evas Augen lesen. Sie nickte heftig und sagte. "Dann wissen Sie, was wir tun müssen."

Eva sprach fest, mit einem Hauch von Wut in ihrer Stimme. "Ihre Anwesenheit wird die Zukunft der Erde nicht aufhalten!"

Ragam nickte Eva zu. "Wenn es das Letzte ist, was ich tun kann, tun Sie es bitte."

Evas Augen blitzten in einem seltsamen Licht auf, und ihre Hände schlangen sich um ihren Hals. "Du wirst sterben, egoistischer, gieriger Erdling", war die Stimme entschlossen. Sie schrie, aber Evas Hände würgten sie bereits, und ihre Augen waren tödlich. Eva beendet ruhig ihre Arbeit und fängt in ihren Augen die kristallklare Landschaft des Planeten ein, der gegen Erdlinge kämpft.

Die Erde, auf der der mittlere Weg begann

Die Erde ist jetzt in eine neue Ära eingetreten. Das binäre Denken hat ein Ende gefunden und verwischt die Grenzen zwischen Mann und Frau, Gut und Böse, Dunkelheit und Licht, Chaos und Ordnung. Im Laufe der Jahrhunderte hat die Menschheit unzählige Konflikte und Konfrontationen erlebt. Jetzt hat der mittlere Weg begonnen.

Die Neue Menschheit ist nicht auf Schwarz-Weiß-Logik beschränkt, sondern öffnet die Tür zu neuen Möglichkeiten und Hoffnungen. Die Stadt wurde in ein neues kristallklares Licht getaucht. Gelächter und Jubel gab es in allen Straßen. Marsianer und Venusianer sind nicht nur Geschlechterunterschiede, sondern komplementäre Wesen. Gut und Böse wurden nicht als absolute Maßstäbe akzeptiert, sondern als Konzepte, die sich je nach Situation oder Ergebnis ändern konnten. Dunkelheit und Licht koexistieren miteinander, und das Chaos verschmilzt schließlich zu einer Einheit und schafft eine neue Ordnung.

Einst ein Zentrum von Konflikten und Konfrontationen, ist die Erde heute ein Symbol für Frieden und Harmonie. Eva lächelte, als sie die Landschaft der neuen Welt betrachtete. Der Mittelweg ist nicht das Ende, sondern der Anfang unendlicher Möglichkeiten. Sie stehen an der Schwelle zu einer neuen Erde. Werden sie in der Lage sein, die Finsternis und das Licht auf der Erde stetig zu überwinden? Was für ein Schicksal wird ihm bevorstehen? Das Schicksal der Erde liegt nun in den Händen der Neuen Menschheit.

www.ingramcontent.com/pod-product-compliance
Lightning Source LLC
Chambersburg PA
CBHW021000180726

47993CB00017B/293